# 방문의료에 보내는 응원 한마디

이 책을 읽으면서 말로만 환자중심의학을 배우고 가르쳐 온 지난 20여 년이 너무 부끄러웠습니다. 모든 문제와 답은 현장에 있다는 사실을 단박에 일깨워 주는 귀중한 책입니다. 현재와 미래의 돌봄 서비스 종사자와 보건의료 정책 담당자의 필독서가 될 것입니다.
　　　　　　　　　　　　　　　　　　　　　　　　 – 강신익(부산대학교 의료인문학 교수)


환자를 찾아가는 사람들, 그들은 '의사'였습니다. 병원이 아닌 마을에서 생활할 수 있도록 환자와 마을의 건강을 위해 애쓴 의사들의 이야기입니다. 감동은 기본, 제도가 무엇을 향해야 하는지 생각하게 합니다.
　　　　　　　　　　　　　　　　　　　　　　 – 김창보(서울시 공공보건의료재단 대표이사)


현장에 답이 있습니다. 환자, 가족, 요양보호사, 장애인활동지원사, 모든 돌봄 종사자에게 격려의 박수를 드립니다. 앞으로 방문의료 서비스가 확대되기를 적극 응원하겠습니다.
　　　　　　　　　　　　　　　　　　　　　　　　　　　　　　 – 김춘심(요양보호사)


학생 시절, 봉사활동을 계기로 방문의료를 알□□□□□□□□□□□□실에서 배울 수 없었던, 환자가 주인공이 되는 의료는 무엇□□□□□□□□□□□□는 것은 무엇인지를 알게 해주었습니다. 주민, 의□□□□□□□□□□□□□가는 데 방문의료가 그 시작이 되길 응원□□□□□□□□□□□□대구교도소 공중보건의사)


아픈 사람들은 여러 가지□□□□□□□□□□□살펴야 그 아픔을 제대로 알 수 있습니다. 그 아픔을 알아주는 이□□□□□□□□□□료가 됩니다.
　　　　　　　　　　　　　　　　　　　　　　　　 – 김의욱(서울시자원봉사센터장)


어려운 일, 힘든 일 많은 길에 앞장서 주신 용감한 방문의료 종사자들! 존경하고 감사드립니다. 덕분에 끝까지 지역에서, 가정에서 서로 돌보며 살아가는 삶이 가능할 거라는 희망과 기대를 이어갑니다. 항상 응원하겠습니다. 다양한 분야 종사자들이 일상 속에 살아 숨쉬는 팀워크를 구축하고 주민들과 더불어 상호협력, 상호지원하면서 살아가는 모습을 상상합니다.
　　　　　　　　　　　　　　　　　　　　 – 김형숙(순천향대학교 간호학과 조교수)


우리는 한 사람의 삶의 자리 전체를 보지 않고서는 근원적인 치유에 이를 수 없습니다. 방문의료는 일시적인 치료를 넘어서 참다운 치유의 시작점입니다. 여러분을 응원합니다.
　　　　　　　　　　　　　　　　　　　　 – 최혁진(전 청와대 사회적경제비서관)

의료사협의 방문진료프로젝트는 우리나라의 보건정책에 좋은 영감을 줄 수 있는 사업이니만큼 정책으로 채택될 수 있도록 의료사협에서 앞장서 주시기를 바랍니다.
— 오미예(자연드림씨앗재단 이사장)

이 책이 널리 읽혀져서 아직 걸음마 단계인 한국의 방문의료를 이용하시는 환자와 가족, 방문의료를 실천하시는 의료인 그리고 방문의료제도와 정책에 관심있는 모든 분들에게 많은 공감과 영감을 드릴 수 있기를 성원합니다.
— 유원섭(국립중앙의료원 일차의료지원센터 센터장)

고령자, 만성질환, 장애인 등 재택진료의 필요가 늘어나는 시대를 맞아 방문의료의 길을 먼저 개척해 나가는 의료인들의 경험과 축적된 지식으로 작성된 내용들은 앞으로 활성화될 방문의료의 훌륭한 지침서로 자리매김하리라 확신합니다.
— 김봉구(한국사회적의료기관연합회 이사장)

한 줄 한 줄 눈물나는 감동입니다! 기적을 이루어 나가는 방문의료가 상식이 되는 세상을 만드는 생생한 길잡이입니다.
— 경창수(한국의료복지사회적협동조합연합회 회장)

환자와 의료진 관계를 수평으로 맞춘 방문의료, 그 변혁을 이끈 선구자와 현장을 누빈 전문가들이 아낌없이 방출한 지혜입니다.
— 장숙랑(중앙대학교 적십자간호대학 교수)

『환자를 찾아가는 사람들』 출간을 진심으로 축하드립니다. 다양한 현장에서 방문의료활동을 통해 생생한 경험이 녹아 있는 이야기들은 방문의료가 필요한 이 세상 사람들에게 빛과 소금이 될 것으로 기대합니다.
— 장종화(단국대학교 치위생학과 교수)

방문의료, 환자의 공간으로 의료진이 찾아갑니다. 환자를 둘러싼 건강과 의료의 다양한 결정요인을 살펴볼 기회의 창이 열립니다. 환자가 겪는 의료적 어려움뿐만 아니라 다른 어려움들도 보고 이해하게 됩니다. 그것이 환자들이 원하는 것입니다. 이 책이 그것을 전합니다.
— 강영호(서울의대 의료관리학교실 교수)

주민들이 건강하게 살아갈 수 있도록 다양한 형태로 노력하시는 선생님들의 모습에서 희망찬 지역사회 공동체를 보았습니다. 이 책은 지역에서 보건의료 미래를 꿈꾸시는 분에게 희망입니다.
— 전병진(대한작업치료사협회 회장)

이 책의 사례들은 돌봄현장에서 흔히 볼 수 있는 현재형이자, 우리의 미래형이기도 합니다. 우리는 지역사회통합돌봄 사업을 통해 모두의 노후가 평안해지기를 기대하고 있지만, 팀을 기반으로 하는 방문진료가 실현되지 않으면 어렵다는 것도 알고 있습니다. 이를 위해서 방문진료를 하는 의료인들이 지역에서 더 많이 활동할 수 있기를 희망하며, 걱정 없는 노후를 위해 방문진료가 활성화되기를 바랍니다.     **– 정경록(한국돌봄사회적협동조합 이사장)**

일차의료는 주민 건강의 주춧돌입니다. 일차의료의 전환점에서 방문의료는 의학적으로 뿐만 아니라 사회적으로 중요한 의미를 갖습니다. 의료사각지대와 진료실 밖이라는 새로운 의료영역에 도전하시는 여러분께 감사와 격려의 박수를 보냅니다.     **– 오동호(중랑구 의사회장, 미래신경과 원장)**

방문의료연구회가 펴낸 『환자를 찾아가는 사람들』은 막연히 그 필요성을 인식하고 있는 방문진료를 구체화해 실제 의료체계 속으로 끌어들이는 지침서가 될 것으로 기대됩니다. 특히 병원 밖 지역사회까지 아우르는 통합적 의료제공체계 구축이 왜 필요한가를 생생한 방문진료 현장 사례를 중심으로 보여준다는 점에서 의미가 큽니다. 우리는 그동안 환자가 병원을 찾아오는 '의료 접근성' 중심 의료공급체계에 대한 인식을 관성적으로 받아들였습니다. 이 책이 의료인이 아픈 환자 곁으로 쉽게 찾아갈 수 있게끔 '환자 접근성'에 대한 관심을 높이는 쪽으로 인식 전환을 이루는 계기를 마련할 것으로 기대합니다.     **– 김상기(라포르시안 편집국장)**

현장의 생생한 모습이 감동적입니다. 이 책은 한국의 보건의료서비스가 전달 위주 치료에서 환자 중심으로 정착하는 데 한 발 다가가는 계기가 될 것입니다. 환자 돌봄을 위해 모든 전문 영역이 다 함께 힘을 모으길 기대합니다.     **– 안화영(보화약국 약국장)**

지금은 많이 무너졌지만 30여 년전 제가 처음 가정의학과 분야를 접한 때의 기대를 이 책의 이름을 듣고 떠올리게 됩니다. 집에서 아픈 이들에게 다가가는 의료가 되길 바라며 축하드립니다.     **– 김진학(한국보건복지인재원 교수)**

방문의료에 관한 다큐를 제작하면서 길 위의 의사들을 많이 만났습니다. 집 앞 문턱 넘기가 세상에서 가장 어려운 환자들이 얼마나 많은지 알게 됐고 집으로 찾아가 환자의 삶을 돌보는 의사들이 많아지면 좋겠단 바람을 가졌습니다. 그 길에 먼저 나선 분들을 응원하며 하루 빨리 환자중심 의료체계로 전환이 이루어지길 바랍니다. 이 책은 그 희망의 길라잡이 역할을 할 것입니다.     **– 김민경(KBS 다큐온 '길 위의 의사들' 작가, 마젠타컴퍼니)**

저는 가정방문 했던 환자들을 떠올리면 두개의 장면이 떠오릅니다. 가족의 사랑과 헌신 속에서 행복하게 웃던 모습과 최소한의 도움만으로 외롭게 버티어 내는 모습입니다. 저희가 바라는 바는 첫 번째에 가깝겠지만, 두 경우 모두 지역의 체계적인 지원들이 필요합니다. 한 사람이 살아가는 데는 많은 것들이 필요하고 이를 가족이 다 해결하기는 점점 더 어려워지고 있으니까요. 이때 환자나 가족의 요구에 비해 받기 어려운 방문의료 서비스가 확대되기를 바랍니다.　　　　　　－ 김보라(안성시장)

'방문의료' 4행시
방 : 문의료는 지역사회의 아프고 힘든 이들에게 큰 희망입니다.
문 : 밖의 세상이 남의 일이라 생각했는데 이제 우리 집으로 찾아옵니다.
의 : 료인과 돌봄 종사자 등 '방문의료' 팀의 노력 덕분에~
료 : (요)즘에는 힘을 내어, 희망으로 살아가고 있습니다.
방문의료팀 고마워요!　　　　　　　　　　　　　　　　－ 김인규(간병시민연대 활동가)


어딘지 누구인지는 모르지만 저와 같은 생각으로 현장에서 몸으로 부대끼며 환자를 돌보는 많은 분들이 있다는 것에 큰 동지애를 느꼈습니다. 이제 시작이겠죠. 세심하게 준비하고 개선해서 방문의료가 모두에게 행복을 주는 의료시스템으로 정착하기를 간절히 기원합니다.
　　　　　　　　　　　　　　　　　　　　　　　　　－ 신동일(삼척의료원 원장)


기존 질서인 의료 접근성에서 환자 접근성으로 대전환을 만들어 가는 선생님들의 실천에 감사드리며 크게 응원합니다. 너무도 멋집니다! 어르신들의 존엄한 삶이 되도록 님들의 선한 영향력이 민들레 홀씨처럼 널리 퍼져 참다운 지역사회통합돌봄이 실현되길 희망합니다.
　　　　　　　　　　　　　　　　　　　　　　　－ 박혜숙(한살림서울돌봄센터 센터장)


2020년 2월 코로나19가 유행하면서 '사회적 거리두기'가 강조됐습니다. 정부는 사람 사이의 접촉을 줄이고, 되도록 집에 머물 것을 권고했는데 이러한 방역 구호가 공허한 사람이 있었습니다. 팬데믹 이전부터 아파서 집에만 있었던 사람, 누군가의 방문과 돌봄이 없으면 생존할 수 없는 사람. 이 사회에서 더 멀어질 수 없는 사람들에게 정작 필요한 것은 거리 '좁히기'였습니다. 이 책은 환자와의 '거리'를 좁히기 위해 '거리'로 나선 의사들의 이야기입니다. 병원에 올수 있는 환자들의 질병만 낫게 하는 것이 아니라, 우리 공동체 구석구석 보이지 않는 환자들을 찾아 고통을 끌어안은 의사들의 이야기를 읽으면서 다시금 깨닫습니다. 비대면, 무인계산기, 자동화, 원격의료 등의 낱말이 난무하지만 삶과 죽음, 그 사이의 고통은 여전히 사람의 일이라고.
　　　　　　　　　　　　－ 이재호(한겨레 사회정책부 기자, 『당신이 아프면 우리도 아픕니다』 저자)


병원을 찾아 온종일 동네를 헤맨 장애인이 있었습니다. 장애는 참을 수 있지만 병으로 사는 것은 감당하기 힘듭니다. 평온한 삶을 살고 싶습니다. 우리의 건강 지킴이들이 책을 내셨다기에 반갑게 펼칩니다.
　　　　　　　　　　　　　　　　　　　　　－ 윤두선(중증장애인독립생활연대 대표)

방문의료 이야기

# 환자를 찾아가는 사람들

**방문의료연구회** 지음

스토리플래너

방문의료 이야기

환자를 찾아가는 사람들

**초판 1쇄 인쇄** · 2022년 2월 12일
**초판 2쇄 발행** · 2022년 9월 20일

**지은이** · 방문의료연구회
**펴낸이** · 김기태
**펴낸곳** · 스토리플래너
**출판등록** · 제396-2010-000108호
**이메일** · newcitykim@gmail.com
**디자인** · 박찬진 | **교정교열** · 김정화 | **일러스트** · 반야

ⓒ 방문의료연구회
ISBN 979-11-977709-0-6 03810

| | | | | |
|---|---|---|---|---|
| 강경숙 | 김성인 | 김진학 | 박영민 | 석미경 |
| 강대곤 | 김수동 | 김창보 | 박영민 | 섭섭 |
| 강춘희 | 김수연 | 김철환 | 박영은 | 손정란 |
| 강충원 | 김숙희 | 김춘심 | 박유경 | 손채윤 |
| 강한구 | 김신애 | 김태인 | 박인근 | 송대훈 |
| 고경심 | 김애경 | 김현숙 | 박정이 | 송준규 |
| 고선미 | 김연호 | 김현숙 | 박정화 | 송지혜 |
| 고영 | 김연희 | 김형택 | 박종민 | 송직근 |
| 고은주 | 김영남 | 김혜영 | 박종하 | 신금석 |
| 고현숙 | 김영민 | 김혜영 | 박준수 | 신문자 |
| 곽현주 | 김영수 | 김호성 | 박준희 | 신수경 |
| 구은경 | 김요환 | 나미영 | 박지영 | 신형석 |
| 권성실 | 김용신 | 남수정 | 박지은 | 심희준 |
| 권오식 | 김은정 | 남원우 | 박진율 | 안미성 |
| 권주희 | 김은정 | 노미정 | 박찬병 | 안민자 |
| 권효정 | 김응중 | 류다혜 | 박철우 | 안윤희 |
| 길승재 | 김의욱 | 류정선 | 박현빈 | 안의현 |
| 길옥이 | 김인규 | 문영주 | 박혜경 | 안혜경 |
| 김건엽 | 김정애 | 문우정 | 박혜경 | 양동훈 |
| 김광주 | 김정우 | 문정인 | 박혜성 | 양미형 |
| 김도윤 | 김정은 | 민앵 | 박혜옥 | 양영모 |
| 김미득 | 김정필 | 민회선 | 박혜원 | 양주희 |
| 김미영 | 김종목 | 박건영 | 박효빈 | 엄은희 |
| 김민경 | 김종일 | 박건희 | 방미희 | 연화자 |
| 김민희 | 김종희 | 박두남 | 방에스터 | 염은경 |
| 김봉구 | 김준원 | 박두환 | 배경희 | 오동호 |
| 김상균 | 김준환 | 박미진 | 배민경 | 오정현 |
| 김선미 | 김지범 | 박봉희 | 백수홍 | 오희진 |
| 김선영 | 김지연 | 박선아 | 백영미 | 우보화 |
| 김선화 | 김지현 | 박소영 | 서수연 | 우세옥 |
| 김성연 | 김지희 | 박양희 | 서연아 | 유상미 |

| | | | |
|---|---|---|---|
| 유원섭 | 이원숙 | 정헌원 | 최은경 |
| 유은실 | 이인동 | 정현채 | 최은희 |
| 유진경 | 이인형 | 정혜경 | 최재우 |
| 유호준 | 이재혁 | 정혜인 | 최정신 |
| 윤미경 | 이종국 | 정혜진 | 최정윤 |
| 윤봉란 | 이준수 | 정홍상 | 최효심 |
| 윤솔지 | 이지은 | 정화령 | 최현실 |
| 윤영애 | 이찬용 | 정환석 | 추혜인 |
| 윤주영 | 이창민 | 조경애 | 한선경 |
| 윤지혜 | 이창민 | 조계성 | 한청미 |
| 윤해수 | 이창호 | 조미형 | 함보현 |
| 윤현정 | 이한주 | 조세종 | 현승은 |
| 이건우 | 이현귀 | 조원주 | 홍미영 |
| 이경민 | 이희성 | 조윤숙 | 홍석미 |
| 이경아 | 임종철 | 조지영 | 홍선영 |
| 이경희 | 임종한 | 조지형 | 홍수민 |
| 이규숙 | 임준우 | 조진환 | 홍수연 |
| 이미라 | 임희재 | 조현숙 | 홍순택 |
| 이미애 | 장동성 | 조현진 | 홍정희 |
| 이미지 | 장숙랑 | 조혜영 | 홍종원 |
| 이반야 | 장종화 | 주미순 | 황규정 |
| 이보라 | 전미린 | 주미영 | 황송주 |
| 이상직 | 전진용 | 주은경 | 황슬기 |
| 이선미 | 정무희 | 주진형 | |
| 이선주 | 정민숙 | 진미선 | 느티나무의료복지사회적협동조합 |
| 이성희 | 정승화 | 채찬영 | 마르코와 삐삐 |
| 이수용 | 정용호 | 천혜란 | 마포의료복지사회적협동조합 |
| 이수현 | 정유미 | 최경희 | 순천의료소비자생활협동조합 |
| 이슬기 | 정일용 | 최봉섭 | 안산의료복지사회적협동조합 |
| 이슬기 | 정진아 | 최성우 | 원주의료복지사회적협동조합 |
| 이우영 | 정해홍 | 최용준 | |

# '방문의료'는
# 지역사회를 돌보는
# 필수의료다

김종희 (원주의료복지사회적협동조합 밝음의원 의사)

◆

서울 대도시를 제외한 대부분의 지역에서 의사 구하기가 힘들다. 도시에서 먼 지역으로 갈수록 급여는 높아지지만, 서울 지역 의사 월급의 1.5배 이상을 준다고 해도 지원자가 없는 곳이 많다. 생명과 직결된 필수의료 취약지역에 지역 가산 수가를 도입하더라도, 지역 의사 수급에 큰 효과를 얻지 못하고 있다. 경제적 보상으로 잠시 지역에 머물 수는 있겠지만, 자기 삶의 터전으로 뿌리내리기는 어려워 보인다. 왜냐하면, '의사가 되어가는 과정'이 '지역의료'와 의미 있는 관계를 맺지 못하고 있기 때문이다.

엘리베이터가 없는 빌라 4층에서 진폐증으로 가정용 산소치료기를 달고 사는 할아버지는 대학병원이 15분 거리에 있어도 진료받으러 가기가 어렵다. 파킨슨을 앓는 아버지와 낙상 골절 후 와상 상태로 지내는 어머니, 두 부모님을 홀로 돌보는 아들은 병원에 모시고 갈 엄두를 내지 못한다. 장성한 4명의 자녀가 있지만, 연락을 끊고 지내는 대도시의 노부부는 5년 넘게 병원 진료를 보지 못하고 요양보호사가 동일한 약만 대리처방 받아오고 있다. 그리고 요양보호사가 퇴근한 저녁 시간에는 무릎이 굽은 채 누워 지내는 할머니의 대소변을 할아버지가 수발하고 있다.

부양의무제도로 사회 안정망에서 제외된 독거 할머니의 경우에는 거의 와상 상태로 지내며 이웃의 방문으로 간신히 하루 식사를 이어가고 있다. 이런저런 이유로 가까운 곳에 병원이 있어도 진료를 포기할 수밖에 없는 아픈 사람들이 지역사회 안에 광범위하게 고립되어 있다. 의료기관이 원거리에 있든, 근거리에 있든 '의료기관 중심'의 의료행위만으로는 이들의 진료받을 권리를 충족시키기 어렵다. 더구나 거동이 불편하여 6개월 이상의 장기 대리처방을 받아 가는 환자의 숫자도 상당하다.

생활 변화에 따라 노인의 건강 상태가 급변하기 쉬운데, 1년 넘게 검사와 대면 진료 없이 발행되는 대리처방전은 위험하다. 이런 환자들에게 방문의료를 소개하고 집으로 찾아가 혈액검사를 해보면, 빈혈이 심하고 혈압과 당뇨 수치가 위험 수준인데도 기존 약만 반복 처방받아 드시는 경우를 종종 보게 된다.

### 의료인의 '환자 접근성'

: 환자의 집으로 찾아가는 지역사회 보건의료인들이 필요하다.

'의료 접근성' 지표에는 의사는 병원에 있고, 아픈 사람이 의료기관에 올 수 있도록 해야 한다는 고정관념이 배어 있다. 필수의료 정책설계의 논의과정도 '의료 접근성'을 높이자는 의료기관 중심으로 기울어져 있다. 그래서 의료기관 중심의 '의료 접근성'을 높이는 정책은 근처에 병원이 있어도 진료를 포기할 수밖에 없는 환자들에게 공허하다. 이제는 의료인이 환자의 집으로 직접 찾아가는 '환자 접근성'도 강화되어야 한다. 현 보건의료제도에서도 방문간호, 가정간호, 장애인건강 주치의, 일차의료 방문진료 시범사업 등 의료인의 '환자 접근성'을 높이기 위한 서비스들이 존재하지만, 활성화되지 못하고 있다.

방문간호는 2008년 노인장기요양법에 따라 제도화되었지만, 한도액 내에서 요양과 방문간호를 선택하는 제도설계의 한계로 대부분의 노인들에게 외면받고 있다. 2020년 기준 재가장기요양서비스를 이용하는 65세 이상 노인 86만 명 중에서 방문 간호 이용자는 1.4%에 불과하다. 방문간호를 필수의료로 바라 봤다면 다른 제도설계가 가능했을 것이다. 2018년 5월 시작한 장애인건강 주치의사업에 총 567명(2020년 4월 기준)의 의사가 등록하였고, 실제 건강주치의 활동에 참여한 의사는 88명에 그치고 있다. 2019년 12월에 시작한 일차의료 방문진료 시범사업 1차 공모에는 총 348개 의원이 참여를 신청하였지만, 실제 방문 진료하는 의사는 장애인건강 주치의와 큰 차이가 없다.

지역으로 내려오면 더욱 열악한 상황이다. 원주 인근 횡성과 영월지역의 65세 이상 인구 고령화율이 이미 30%에 가깝다. 하지만 원주 인근 지역에서 일차의료 방문진료사업과 장애인 건강주치의사업의 방문진료, 방문간호를 수행하는 곳은 내가 일하고 있는 원주의료사협 밝음의원 한 곳뿐이다. 방문의료 없이 커뮤니티케어는 불가능한데, 지역 보건의료인의 '환자 접근성'은 현재 거의 제로에 가깝다. 지역 의료는 치료 중심의 '의료 접근성'과 예방 중심의 '환자 접근성'이 서로를 보완하도록 균형 있게 설계되어야 한다.

**찾아가는 보건의료인의 양성은
가장 핵심적인 '지역사회 건강의 결정요인'이다.**

병원중심의 보건의료 정책은 진료를 포기할 수밖에 없는 사람들에게 차별과 배제의 시스템을 고착화한다. 더군다나 코로나 19 시대에 더욱 심화되고 있다. '환경이 받쳐주면 장애가 경중이 된다.'는 어느 장애인 교사의 이야기처럼, 집에서 적절한 보건의료 서비스를 받을 수 있는 환경을 만들어주면 많은 사람들이 건강한 삶을 궁리해 볼 수 있을 것이다.

고립된 생활 세계를 찾아가는 '방문의료' 활동은 수많은 '아픈 삶과의 만남'이다. 그 만남의 시간이 쌓여가면서, 의료인은 성장한다. 그리고 지역과 의료는 무한경쟁 속 '채용의 관계'를 넘어 아픈 사람들과 '만남의 관계'로 나아갈 수 있다. 장기적인 관점에서 가장 중요한 '지역사회 건강의 결정요인'은 찾아가는 보건의료인을 얼마나 양성할 수 있느냐이다.

대부분의 의사는 의대와 전공의 수련을 마치기까지 십여 년의 시간을 대학병원에서 보낸다. 그 긴 시간 동안 대학병원이라는 고립된 섬에서 질병을 중심으로 환자를 만난다. 환자 집을 찾아가면 알게 되는 아플 수밖에 없는 삶의 맥락과 환경조건을 들여다볼 기회가 없다. 그 환자의 생활 세계에서 가능한 건강계획을 세우기에는 역부족이다. 그래서 학생 교육과정부터 지역사회의 고립된 주민을 만나며 의사로 성장해가는 수련과정이 필요하다.

의대를 비롯한 보건의료학과 교육과정에 '방문의료' 과목 개설을 상상해본다. 매 학년마다 한 달간 마을 속으로 찾아가는 현장교육을 경험한다면, 전공의 수련기간에 매년 한 달간 지역 사회 의료 문제를 연구하고 지역주민들과 만나는 수련 과정을 갖는다면, 지역과 의료를 자신의 삶과 연결지어 고민하는 의료인들이 많아지지 않을까.

### '방문의료 이야기'가 전문가들의 집단적 대화를 촉진하는 자료가 되길 바란다.

이 책의 저자 방문의료연구회의 구성원은 다양하다. 의사, 간호사, 작업치료사, 치과위생사 같은 보건의료인뿐 아니라 사회복지사도 함께하고 있다. 어떤 회원은 '집에서 임종할 수 있는 문화를 만들고 싶다'는 마음에 방문의료연구회에 참여하게 되었다. '한 아이를 키우기 위해서 온 마을이 필요하다'는 이야기처럼 한 명의 환자를 치료하고 돌보기 위해서는 의료, 복지, 돌봄, 그리고 죽음의 영역까지 마주하게 된다.

방문의료로 만난 환자의 크고 작은 삶의 과제들은 어떤 한 사람만의 주도로 해결될 수 있는 것이 아니다. 코로나 시기에 어머니는 치매를 앓기 시작했고 당뇨약을 두세 번 먹는 60대 지적장애인 딸은 고립되어 지낸다. 위생 관리가 안 되는 가정에서 치아 상태가 매우 불량하고 응급실에 실려갈 정도의 혈당수치(high-혈당이 너무 높아 측정이 불가능한 상태)를 보여 당뇨 치료를 시작한 십대 청소년은 진료 약속을 계속 어기고 있다. 이들의 당뇨 관리 계획을 어떻게 짜야 할까? 삶의 조건에서 당뇨 수치만을 따로 떼어내어 건강 관리를 할 수 있을까? 그 삶의 현장들로 다가가 해법을 찾는 수많은 실천적 대화들이 필요하다. 환자, 가족 그리고 보건의료복지 전문가들의 '집단적 대화'가 치유 활동의 시작이다. 그런 집단적 대화를 촉진하는 것이 방문의료다. 방문의료 활동을 하면 할수록 서로 도움을 요청하고 배우는 다학제 팀주치의활동의 중요성을 절실히 느끼게 된다.

방문의료연구회는 다양한 전문가들이 방문의료를 실천하고 경험을 나누며, 진료실 밖의 새로운 의료를 개척해간다. 방문의료로 만난 한 사람 한 사람의 삶이 성장하는 기회를 함께 만들어가고자 한다. 들여다보고 이야기를 건네고 방법을 찾아보자는 환자, 가족, 요양보호사, 장애인활동지원사 등 모든 돌봄 종사자 모두 확장된 방문의료팀의 구성원이다. 방문의료연구회는 지역사회를 '돌보는 의료'에 뜻이 있는 사람 모두를 회원으로 받아들일 준비가 돼 있다.

---

:: **방문의료 관련 용어정리** ::

본 도서에서 방문'진료'와 방문'의료'를 구분하여 사용한다. '방문진료'는 의사가 진료실 밖 환자의 생활터로 찾아가는 진료활동을 의미하고, 일반적으로 왕진이라고도 한다. '방문의료'는 방문진료를 포함하여 방문간호, 방문재활, 방문구강, 방문약료, 방문영양, 방문 사회복지 활동 등을 포함하는 다양한 직군의 활동을 총칭한다.

---

※ 본 원고는 『라이프인』에 기고한 글, "찾아가는 의료"는 지역 의료를 뿌리내리기 위한 필수의료이다(2020. 11. 03.)를 수정, 보완했다.

# 차례

# 2부 | 방문의료에 유용한 현장실무

# 1부

방문의료,
이렇게 해봤어요

# 방문진료를 해야
# 보이는 것들

박지영 (민들레의료복지사회적협동조합 민들레의원 의사)

내가 방문진료를 처음 나간 것은 2019년 12월, 의사가 되고 17년 만의 일이었다. 익숙한 진료실을 벗어나 환자의 집으로 찾아가는 것은 쉽지 않은 일이었다.

'내가 그곳에 가서 할 수 있는 일이 있을까? 혹시 불필요한 일에 휘말리면 어쩌나?'

이런 소소한 고민에서부터 의료접근성이 좋은 우리나라에서 방문진료가 무슨 의미가 있을까 하는 회의도 있었다. 그렇지만 방문진료를 시작하고 얼마 지나지 않아 주변에 방문진료가 필요한 아픈 이들이 얼마나 많은지 알게 되었다.

소변줄 하나를 바꾸기 위해 엘리베이터 없는 계단 길을 온 가족이 매달려 내려야 하는 척수장애인, 몸을 일으키는 것조차 힘에 겨운 근육병 환자, 병원에 가기 싫어서 보호자들에게 폭력을 행사하는 심한 발달장애인……. 이런 분들을 한 분 한 분 만나며 나의 경계는 허물어졌다.

방문진료가 특별한 이유는 병원에 오기 힘든 분들을 만날 수 있기도 하지만, 환자와 전혀 다른 방식으로 관계를 맺을 수 있다는 것이다. 방문진료에 나서기 전 나는 '진료실'이라는 공간에서만 일했는데, 이 공간의 주인은 의사. 책상의 위치도, 물건들이 놓여 있는 방식도, 실내온도나 환경들 모두 의사의 편리대로 구성되어 있다. 환자는 잠시 머물다 갈 뿐인 손님이다.

하지만 방문진료를 나가면 이 관계가 역전된다. 손님인 나는 들어설 때부터 "실례합니다. 잠시 들어가겠습니다." 하고 허락을 구하고, 어느 자리에 앉아야 할지 살피느라 주춤거린다. 공간의 주인으로서 주체가 된 환자는 손님인 의사에게 문을 열면서 마음도 열어 보인다. 어디가 아픈지, 약은 어떻게 드시고 있는지, 어떻게 지내시는지, 살아온 이야기를 주인공의 입을 통해 들을 수가 있다.

당뇨가 조절되지 않는 어르신이 넘어져 꼼짝 못 하고 계신다는 의뢰를 받고 방문한 적이 있었다. 다친 부분을 살펴보며 그동안 당뇨 조절이 왜 안 되었는지 살펴보니 뜻밖의 이유가 나왔다. 경제적 곤란으로 식사를 제대로 하지 못하셨고, 식사를 못 하시니 저혈당이 걱정되어 약을 전혀 못 잡숫고 계셨다. 왜 병원 오셔서 얘기하지 않으셨냐 하니 바쁜데 그런 얘기까지 어떻게 하냐 하신다.

"아이고, 어르신. 병원에 와서는 건강에 관련된 이야기들을 다 하시는 겁니다. 아시겠죠?"

말은 이렇게 했지만 병원 진료실에서 나는 과연 어르신의 이야기에 귀기울일 수 있었을까. 다행히 어르신께 도시락 서비스를 연결해 드리고 약 정리도 도왔다.

약 이야기가 나왔으니 말인데, 어르신들은 참 많은 약을 복용하신다. 고혈압약, 당뇨약, 심장약에서부터 관절약, 변비약, 위장약, 혈액순환제, 치매약, 우울증약 등······.

어떤 어르신은 20가지가 넘는 약들을 먹고 계셨다. 약 중에는 꼭 필요한 약도 있지만 중복이 되는 약, 장기처방이 필요하지 않은 약 등 정리가 필요한 약들도 있을 뿐더러 제대로 약을 복용하고 있지도 않았다. 유통기한이 지난 약들도 수두룩하고, 무슨 약인지 알지 못하고 먹는 경우도 많다.

"이 약은 무슨 약이여? 이건 언제 받았더라? 이 약은 꼭 먹어야 한다고?"

이런 것도 직접 가보지 않으면 알기가 힘들다.

방문진료를 나가면 굳이 애쓰지 않아도 보이는 것들이 있다. 가족들의 표정은 어떤지, 누가 오가는지, 벽에는 무엇이 걸려 있는지, 바닥은 깨끗한지, 문턱은 얼마나 높고, 욕실 바닥은 얼마나 미끄러운지, 약은 제대로 보관하는지, 무엇을 드시는지 하는 것들이다. 통합적인 인간으로서 환자를 보게 된다. 환자의 삶이 눈에 들어오고 나면 건강을 위해 필요한 것들이 무엇인지도 알게 된다. 교과서에서 중요하다고 외치는 포괄적, 통합적 진료가 가능한 것이다.

그래서 평범한 의사인 나는 당당히 이야기하고 싶다. 의사로서 성장하고 싶다면 진료실 문을 열고 아픈 이들의 집으로 나가 보라고…….

# 그렇게
# 방문진료 의사가 된다

홍종원 (건강의집의원 의사)

"병원에 모시고 가기 너무 힘들어서요. 꼭 오셔서 청진 한 번만 해주세요."

일요일이었다. 의문의 전화 속 목소리는 다급했다. 고령의 어르신 상태가 위중한데 와 주실 수 있냐는 요청이었다. 상태를 전혀 알지 못하는 환자이기도 하고, 찾아가는 데 2시간이 넘는 먼 지역이라 평일에 병원을 찾거나 급하시면 응급실로 가보시라고 말씀드리며 완곡하게 거절했다. 그런데 모시고 가기 어려워 청진이라도 한 번 해줄 수 없겠느냐는 간곡한 요청을 재차 받고 마음이 흔들렸다. 고민 끝에 '한 번의 청진'을 위해 먼 길을 나섰다.

찾아간 집에는 온 가족이 모여 있었다. 어르신이 누워 계신 방으로 들어가 어르신을 살폈다. 가족들에게 그동안 투병 과정을 찬찬히 들었다. 심각한 인지 저하 증상과 노쇠로 최근 2년을 본인도, 돌보는 가족들도 고생이 많았다고 한다. 어르신은 삶의 마지막을 향해 가시는 듯 보였다.

진찰을 마치고 거실로 자리를 이동했다. 4대가 모인 대가족의 눈이 나에게로 쏠렸다. 굉장히 부담스러웠지만, 담담히 진찰 소견을 말씀드리고 의견을 덧붙였다.

"언제가 될지 정확히 알 수는 없지만, 임종이 가까운 듯 보입니다. 준비를 해두시면 좋겠어요."

한 분, 한 분 가족들이 이런저런 질문을 주셨고 진땀 빼며 조심스레 답했다. 이제 진료를 마치고 집을 나서려 일어서던 찰나, 가장 연장자로 보이는 어르신이 내 손을 잡으며 말씀하셨다. "혹시 상태가 위중하면 선생님께서 와주실 수 있을까요?" 조심스레 덧붙인 내 말의 의중을 간파하고 건넨 정중한 부탁이었다. 먼 거리를 또 오려니 주저했지만, 청진하고 난 이상 거절하긴 어려웠다. 그렇게 몇 번 더 찾아뵈었다. 다시 회복되지 않을까 희망이 보이기도 했지만 잠시였다. 처음 찾아뵙고 몇 주가 흐르고 난 후 어느 날 새벽, 어르신은 4대가 다 모인 가족들과 마지막 생을 함께했다.

방문진료 의사로서 적절한 진료를 한 걸까? 빨리 병원으로 모시도록 했어야 했을까? 그 가족들과 처음 만났을 때의 긴장감이 종종 떠오른다. 매번 남의 집을 들어설 때면 부담감과 무거운 책임감을 느낀다. 정답이 있는 문제가 아니라고 생각하면서도 나는 최선의 방향을 제안하고 실천했는지 돌아보면 자책이 앞선다. 나름 최선의 길을 선택하고 상황의 흐름을 가로막지 않으려 할 뿐이다. 스스로 방문진료를 하는 의사로서 충분한 능력이 있는지 자문해 보지만 부족함을 느낀다. 다급한 요구에 나름대로 부응하면서 함께 길을 찾아가면 정답이라 할 수 없어도 모두가 나름의 의미를 찾을 수 있는 여정이 되지 않을까 합리화한다. 당장은, 아니 앞으로도 방문진료를 하고 있다고 말하기가 쑥스러울 것 같다. 과정을 통해 배워간다. 처음부터 부모 역할을 잘하는 부모는 없을 것이다. 걸음마를 떼는 아이도 넘어지고 다치며 서서히 성장한다.

방문진료를 능숙히 해내는 데는 충분한 시간의 경험이 필요하다. 스스로 방문진료하는 의사라고 말할 수 있는 날이 언제일지, 그날이 오긴 할지 아직 자신은 없다. 그럼에도 포기하지 않고 움직일 수 있는 용기를 잃지 않기를 바랄 뿐이다. 때로는 실수도, 실패도 할 테지만 용기를 잃지 않는다면 나름의 역할을 해낼 수 있으리라 믿는 수밖에……. 그렇게 방문진료 의사가 되어간다.

# 모두가 힘을 모으니
# 기적이 돼요

이주리 (안산의료복지사회적협동조합 집으로 재택의원 의사)

송 할머니를 만난 건 3월 중순이었다. 첫날 할머니는 작은 원룸 침대에 누워 있고 할아버지는 바로 옆 테이블 의자에 앉아 걱정스럽게 할머니를 쳐다보고 있었다. 누워만 지내는 할머니와 병간호를 하기에는 너무 늙은 할아버지를 위해 동주민센터에서 안산시 주치의사업에 방문진료를 의뢰했다.

당뇨와 파킨슨병 약을 먹고 계신 할머니는 지난해 겨울부터 걷다가 넘어지고 소변보다 옆으로 쓰러지고 밥 먹다가 의자에서 쓰러지셨다. 자꾸 넘어지자 할머니는 점점 누워만 지내게 되셨고 우리가 방문했을 즈음에는 앉아 있기도 힘들어하셨다. 처음 방문에 할머니의 남은 운동기능을 살펴보았다. 누워 계신 지가 오래지 않아 앉기, 걷기를 힘들어했지만 조금만 도와주면 하실 수 있었다. 넘어지는 이유가 기립성 저혈압과 근력 약화 때문이라고 할머니에게 설명하고 자세를 바꿀 때의 요령을 알려드렸다. 당이 높아 간호사 선생님이 일주일에 한 번 방문해 점검하고 교육하기로 했다. 또 물리치료사 선생님과 일주일에 한 번 만나기로 했다. 20분이라는 짧은 시간이었지만 할머니는 서서히 하체 근력 강화와 균형감각을 키우기 위한 운동들을 따라 하시고 약속한 운동 숙제를 하기 시작하셨다. 할머니의 화난 얼굴은 변하지 않았지만 할아버지는 연신 고맙다고 하시며 옆에서 들으신 내용을 더 잘 기억했다가 할머니에게 설명하고 권유하셨다. 할머니의 넘어지는 횟수는 빠르게 줄었다.

4월 말쯤 할머니는 화장을 하고 예쁜 모자를 쓰고 우리를 기다리셨다. 할아버지는 화장실 갈 때 부축하는 게 수월해졌고 앉아 있는 것도 꽤 오래 할 수 있게 됐다며 할머니의 근황을 전했다. 그러나 감정에 따라 운동기능의 기복이 심했다. 할아버지는 종종 할머니와 공원에서 휠체어 산책을 한다고 하셨다.

할아버지 부축을 받아 계단을 다니실 정도 되자 할머니에게 옥상에서 햇빛 쬐기와 토마토나 상추 키우기 과제를 내드렸다. 늘 화가 난 할머니의 마음을 회복하기 위한 것이었다. 물리치료사 선생님을 통해 할아버지가 바로 식물을 사오셨다는 얘기를 들었다. 우리 눈에는 더 없이 지극정성인 할아버지인데 할머니는 늘 타박만 하셨다. 많은 어르신들이 배우자에게 화가 나 계셨다. 사실은 자신의 처지에 화가 난 건데 힘드니까 배우자에게 화를 내고 싸우신다.

그렇게 돌보는 사람을 지치게 하면서 자신도 지쳐간다. 우리는 방문 때마다 할아버지를 격려하고 자녀나 요양보호사 등 돌보는 역할을 분담할 여러 가지 방법을 같이 고민했다.

5월 말 방문에서는 할머니에게 마음 상태와 정서가 얼마나 몸과 관계가 있는지 이야기를 나누었다. 두뇌와 몸에 대한 과학적인 설명을 흥미로워하셨다. 또 돌보는 할아버지의 절실함에 대한 이야기도 나누었다. 할머니에게 운동과 햇빛 쐬기와 함께 소리내어 웃기, '고맙다'고 말하기를 추가 과제로 내드렸다.

6월 말 방문, 할아버지와 할머니가 댁에 안 계셔서 우리 팀은 밖에서 기다렸다. 좀 있다가 두 분이 경로당에 다녀오셨다며 차에서 내리셨다. 할머니는 할아버지 부축 없이 계단을 올라가셨다. 웃는 얼굴에 목소리는 활기가 넘쳤다. 우리 팀은 밖에서 혼자 거동하시는 할머니를 처음 보았고 모두가 손뼉 치며 기뻐했다.

할머니가 이렇게 빨리 기력을 회복하신 것은 할아버지의 정성 때문이다. 매일 배운 것을 상기시키고 같이 해나가는 사람이 없었다면 이런 회복은 어려웠을 것이다. 우리를 처음 만날 때 할아버지는 혼자 어찌할 바를 몰라 두려워하고 계셨었다. 그러나 곧 질병과 상황에 대한 설명을 들은 두 분은 무엇을 해야 할지 알게 되셨고 자신을 관리할 요령도 갖게 되셨다. 할아버지는 기적이라고 말씀하셨다. 할머니도, 할아버지도, 동 직원도, 우리 팀도 조금씩 자기 역할을 하자 기적이 일어났다. 누구도 영원히 살 것은 아니지만 때로는 큰 기적을, 때로는 작은 기적을 함께 만들어 간다.

# 방문구강이 준
# 아프지 않은 입안

정민숙 (치과위생사)

나는 세 가지 방법으로 치과 관리가 필요한 사람들을 만나고 있다. 장애인자립생활센터의 방문구강건강교육 의뢰를 통해 만나는 장애인, 원주의료복지사회적협동조합 방문의료팀 방문구강사업으로 만나는 재가 장애인, 천안시 행복한돌봄 단국대 방문구강팀으로 만나는 어르신, 이렇게 만나는 사람들의 입안은 그야말로 '고통' 가득이다.

이가 하나도 남아 있지 않아 아플 이도 없는 사람은 씹지 못해서 음식을 먹어도 항상 허기가 진다. 기력이 달리는 보호자는 장애가 있는 다 큰 자식의 입안을 들여다볼 엄두를 못 낸다. 혼자 생활하는 장애인의 입안을 활동지원사는 마무리 첫

솔질로 닦아주기를 꺼려 한다. 단체의 지원을 받아 치과치료를 받았어도 제대로 관리를 못 하니 치료 상태를 오래 유지하기 어렵다. 하지만 아무리 어려운 상황이라도, 그분들과 눈을 마주치고(알아보지 못하고 이해하지 못해도) 어떤 행위를 할 것이라고 설명하고, 치과에 가서 눕는 자세로 무릎 위에 머리를 눕힌다. 정성 다해 제 이름 붙여 만든 마사지법으로 구강 근육들을 마사지하면 마음의 문을 열고 입을 열어준다. 방문 횟수가 많아질수록 얼굴표정이 밝아지고, 입 벌리는 시간이 길어지고, 입안이 건강해짐을 스스로 느끼며 고맙다는 말씀을 많이 하신다.

칫솔질만 하는데도 온 잇몸에서 핏덩어리가 쏟아져 나와요. 치과에 가서 치료만 받으면 회복이 금방 될 텐데, 치과 방문이 어려운 상황이 많거든요. 두려움, 공포, 불안, 어려운 경제상황, 혼자 이동할 수 없는 어려움, 치과보다 더 급한 다른 질병으로 치료를 받아야 하는 우선순위는 따로 있어요. 닦지 못한 치아와 잇몸 사이엔 치석이 단단하게 붙어 독소를 내뿜으며 염증을 만들고, 그 부위를 건드리면 아프니 점점 피하고, 결국에 입만 벌렸는데도 잇몸에서 피가 나와요.

충치로 파괴된 치아엔 동굴처럼 깊은 구멍이 생겨 있어요. 참을 수 있는 정도의 강도로 모든 방법을 동원하여 잇몸과 치아 사이, 치아와 치아 사이, 치아를 닦아주면 핏덩어리들이 잇몸 밖으로 빠져나오고, 누렇던 치아 면이 반짝거리며 제 모습을 찾지요.

치아와 잇몸 사이 닦는 법을 거울 보면서 알려주면 다음에 만났을 때 같은 강도로 칫솔질을 해도 잇몸출혈의 양이 점점 적어지며 덜 아프지요. 세균 활동으로 파괴된 혈관 속으로 침입한 구강세균들은 온몸을 돌아다니며 염증 수치를 올리고, 다른 병(심혈관 질환, 당뇨병 및 만성 호흡기 질환 등)을 더 크게 키워요. 잇몸출혈이 적어지거나 사라져서 잇몸을 회복하면 입안이 아프지 않으니 먹거나 닦기가 수월하고, 치과에 방문하기도 마음의 부담이 적어요. 치과치료를 받고 나면 회복도 빠르고요.

틀니를 사용하거나, 입안에 많은 보철물 치아가 있는 경우 이를 다물었을 때 그 치아와 만나는 자연치아 부위는 마찰에 의해 더 빨리, 많이 닳아져요. 심한 경우엔 신경이 있는 부위가 보일 정도거나, 치아와 잇몸 경계 부위에 칫솔을 대기 어려울 정도의 시린 감각으로 고통스러워해요. 시린 치아에 도움 되는 치약을 이용하면 2주 만에도 덜 시려하니 밥 먹기나 이 닦기가 훨씬 낫지요.

말을 하다가도 자신의 침에 사레가 드는 경우도 있어요. 식사하다가도 갑자기 드는 사레 때문에 심하게 기침을 하는 것도 힘든 상황이에요. 잘 삼키는 입체조를 하면 사레를 감소시킬 수 있어요. 많은 사람들이 입술을 다물고 코로 호흡하면서 타액이 많이 나오도록 하여 식사를 하고 있지 않아요. 구강근육을 제대로 사용하기 어려울 정도로 기능이 감소해 있는 상태들이 많거든요. 그런 사람들의 볼과 입술을 잡아보면 그냥 형태만 있는 탄력 없는 바람 빠진 공 같아요.

치아 제일 뒤, 혀 뒤, 입천장 뒤에 칫솔을 대기만 해도 구토 반사나 구역반사가 너무 심해서 바로 토하기도 하지요. 입안에서 나오는 구취나 토사물, 핏덩어리, 음식물 찌꺼기 등을 대하다 보면 정신이 어지러울 때도 있어요. 마스크를 써도 그 냄새는 고스란히 코 안으로 들어와요. 집안에 들어가면 나는 독특한 냄새가 있는데, 입안에서 나는 냄새도 집에서 나는 악취의 원인이에요.

이닦기 후 입안을 헹굴 때마다 물로 구강근육 스트레칭이 가능하도록 해요. 구강 내 음식물 찌꺼기가 남아 있을 만한 공간을 구강근육의 압력으로 헹궈낼 수 있도록 하거든요. 또 틀니나 임플란트, 보철치아에 덜 달라붙는 껌을 이용하여 음식물을 씹으면서 코로 호흡하고 안전하게 삼키는 연습과 구강기능 향상을 위한 입체조도 연습하고요.

방문하여 만나는 사람마다 이 과정을 지나가면, 건강해지는 잇몸과 치아 상태와 발맞춰 표정이 밝아지면서 기력도 잘 회복하는 것을 볼 수 있어요. 특히 전체 틀니를 사용하면서 씹는 기능을 조금이라도 회복했을 때 얼굴의 미소는 정말 환하죠. 언어장애로 의사표현을 못하는 분도 편안한 눈동자로 말을 하지요. 몸이 아프거나 힘이 들 때 제일 먼저 거르는 일이 입안 관리니, 방문구강사업으로 제공하는 이 의료서비스로 건강회복이나, 기력회복을 할 수 있도록 함께 경험해보았으면 좋겠어요. 오늘 이 세상을 떠난다 하더라도 입안이 아프지 않도록 해드렸으면 합니다.

# 내가 사는 동네에서
# 방문의료 코디네이터로 살아가기

유상미 (인천평화의료복지사회적협동조합 사회복지사)

"이제 다음달부터 방문의료가 시작돼요. 어떻게 시작해야 할까요?"

### : 의료사협의 지역통합돌봄 사업 담당자

2020년 봄, 인천평화의료사협에서 새롭게 일을 시작하였다. 사회복지사로서, 그리고 지역통합돌봄팀 담당으로 의료사협과의 인연이 시작되었다.

돌봄팀에서는 건강 관련 건강지킴이 · 돌봄활동가 양성, 건강 아카데미 및 프로그램 운영, 지역주민 욕구조사 등 여러 사업들이 진행되었다.

## : 팀원으로 방문의료 사업 참여

또한 의료사협연합회에서 진행하는 방문의료 사업에 팀원으로 참여했다. 사회복지사로 참여하면서 들었던 생각은 팀으로 의료서비스를 한다고 달라지는 것이 무엇인가? 어차피 의료서비스는 의사가 중심이 되어 진행되는 것이 아닌가? 그리고 의료장비 없이 대상자의 집에 가서 무엇을 해줄 수 있을까에 대한 막연한 고민이 있었다.

## : 코디네이터로서 방문의료 시작

올해 인천시 부평구와 업무협약을 시작으로 팀 기반 방문의료 사업이 시작되었다. 방문진료 전담으로 새로운 의사 선생님이 오셨고, 방문의료 코디네이터로서의 역할이 주어지게 되자 여러 걱정들이 앞서기 시작했다. 사업을 시작하기에 앞서 글이나 기사로 관련기관 홈페이지에서 공부하였다.

그리고, 실제적인 궁금증은 인근 시범사업을 하고 있는 의료사협 실무자와 방문진료를 주로 하고 있는 의사 선생님을 통해서도 했고 방문의료에 대해서는 귀로 공부했다.

팀 기반 방문의료를 위해서 필수인력인 방문진료 전담 전문의, 코디네이터인 사회복지사, 간호사, 약사, 작업치료사로 팀원이 꾸려졌다.

부평구청을 통해 부평 전역에서 방문의료가 필요하신 분들이 신청하였다. 처음 방문은 의사와 사회복지사가 한 팀이 되어 나갔다. 방문해서 열과 혈압 측정, 혈당 체크, 그 이후 원장님의 진료가 이루어졌다. 방문의료 후 이동하는 동안 차 안에서는 원장님과 대상자에 대해서 논의하였고, 오전 방문이 끝나자마자 사례회의를 하였다. 사례회의를 통해 대상자에게 필요한 팀원을 연계하였다. 사무실에 들어와서는 다녀온 대상자에 대한 차트를 정리하였다.

그렇게 일주에 한 번씩 방문의료가 이루어졌다. 방문의료 신청자들은 대부분 뇌경색, 뇌출혈로 인한 장애를 갖고 계시거나 고령으로 거동이 불편하신 분들이었다.

그런데 방문의료를 나가다 보니 거동이 불편한 자도 방문의료가 필요한 대상자였지만, 집 밖으로 나오지 않고 집에서만 있는 은둔형 외톨이도 방문의료의 대상이었다. 은둔형 외톨이의 경우 기본적으로 집밖을 나오지도 않을 뿐더러 집안의 위생상태도 좋지 않았다. 대부분 피부질환이 있었고, 정신질환을 갖고 있는 분들이었다.

## : 팀원과 함께하는 방문의료

기존에 함께 해봤던 경험이 있는 팀원들과의 방문의료는 수월하게 진행되었고, 방문 후 필요한 팀원을 대상자 집에 배치하였다. 혈액검사가 필요한 분께는 간호사를 배치하여 채혈과 관절운동, 식이관리 등에 대한 정보를 제공하였다. 또한 만성질환으로 여러 약을 복용 중이신 분들은 약사님을 통해 복약정리 방법을 알려드렸다. 또한 대다수의 분들이 거동이 불편하시다 보니, 재활치료가 필요한 분들이 많았고, 그분들께는 작업치료사를 배치하여 일상 활동이 가능하도록 돕는 역할을 하고 있다. 팀원들이 대상자의 집에 방문해서 의료서비스만 제공하는 것이 아닌 이런저런 일상을 이야기하다 보니 우리의 방문을 기다리는 분들이 생기기 시작했다.

## : 방문의료와 지역통합돌봄

방문의료 대상자는 동시에 복지서비스도 함께 필요한 경우가 많다. 집안 환경개선이 필요하신 분, 영양지원이 필요하신 분, 지역에서 살아갈 수 있도록 지역 기관과의 연계가 필요하신 분, 자립할 수 있도록 지역주민과의 연계가 필요하신 분 등여러 다양한 사례 관리가 필요한 분들이 있다. 이런 분들을 위해서 기관에서는 목수협회와 연계를 통해 집안 수리도 돕고, 영양지원을 위해서 영양죽이나 반찬배달을 지원하기도 하고, 돌봄 활동이 가능한 봉사자를 양성해서 정서 지원을 하기도 한다.

인천평화의료사협이 위치한 부평구 일신동은 내가 30년 넘게 살아온 동네이다. 내가 사는 지역에서, 내가 알고 있던 이웃들과 함께! 나를 돌보고, 이웃을 돌보고 서로 돌보는 지역통합 돌봄 활동을 하게 되면서 이전에는 몰랐던 지역도! 사람도! 알아가는 중이다.

내가 살던 곳에서 내가 아는 사람들과 늙어 갈 수 있는 것이 큰 행운이라고 생각한다. 집과 지역사회에서 살 수 있는 여건을 조성하기 위한 중심에 있는 것이 방문의료이다. 방문의료를 통해 건강하게 지역사회에서 늙어 갈 수 있도록 돕고, 지역사회에서 지역주민이 스스로 해결할 수 있도록 돕고, 지역자원을 연계하여 대상자에게 통합적인 서비스를 제공할 수 있도록 노력하고 있다.

내가 살고 있는 지역에서 이웃주민들을 위해 무언가를 할 수 있는 역할이 주어지고 지역에서 방문의료를 하면서, 지역통합돌봄 사업을 하면서 사람을 얻게 되어 감사하다. 봉사할 수 있는 기회를 주어서 감사하다는 분, 누워만 계시던 분이 방문의료를 통해 조금씩 걸으시고 삶의 의지를 갖게 되신 분, 도움이 필요할 때 선뜻 손 내밀어주는 분들이 함께해 주시고 그런 분들이 주변에 있어서 감사하다. 모든 일에 사람이 가장 중요함을 다시금 되새기면서 하루하루를 보내고 있는 요즘이다.

# 슬기로운 왕진생활,
# 함께하다

박인근 (순천의료소비자생활협동조합 순천생협요양병원 의사)

: 고통을 이겨내지 못하면 견뎌내기라도 해야지.
　방문진료 또는 왕진

　순천의료생협은 2015년부터 여러 유형의 방문진료를 지속해오고 있다. 자체사업으로 진행하던 때도 있었고 공공기관이나 사립단체와 함께 위탁, 협업으로 일할 때도 있었다. 그러나 협업의 주체가 자주 바뀌거나 방문진료 일이 일관되게 지속되지 못하는 아쉬움이 숙제로 쌓여가고 있다. 초기에는 순천을 벗어나 멀리 광양이나 구례까지 방문진료를 나가기도 했지만 해가 거듭되며 순천지역으로만 국한되었다.

　방문진료를 하며 만난 많은 분들, 노인이거나 장애인인 그분들은 온갖 고통을 이겨내거나 견뎌내고 계셨다. 방문진료를 통해 삶을 나누는 동안 그분들 대부분 그럭저럭 지내고 계셨지만 어떤 분은 돌아가시기도 하고, 어떤 분은 고통의 나락으로 점점 더 깊숙이 빠지기도 했다.

## : 세월이 흐르며 그나마 사정은 조금씩 나아진다.

방문진료로 만난 장애인이나 어르신들은 거의 다 단골병원이나 내로라하는 대학병원에서 진료를 꾸준히 받고 계셨다. 진료 효과나 만족도도 차츰 나아지는 것을 알 수 있었다. 지방자치단체나 여러 민간조직들의 돌봄 개입도 한 걸음씩 범위가 넓어지거나 차츰 세심해지는 것을 현장에서 느낄 수 있었다. 최근에 시범사업으로 시작된 '지역사회통합돌봄'은 보건의료방문돌봄 외에도 주거안전시설개선, 도시락배달, 정서적 지지 등으로 분담되어 포괄적인 돌봄을 드리고 있다. 영양상태가 양호하고 가족돌봄이 유지된다면 장애인이나 불편한 어르신들께서 살던 곳에서 그런대로 지내시기는 차츰 나아질 것이다.

## : 그래도 문제는 가족이다.

문제는 질병이나 장애 상태가 집에서 감당할 수 없을 정도로 악화된 경우, 돌봄을 담당하는 가족이 소진되었을 경우, 또는 흔치 않지만 가족 모두가 어려움에 빠져 고통이 악순환되는 상황이다. 그런 경우 섣불리 개입하진 못하더라도 고통을 겪는 과정에 일부라도 함께하는 것이 방문진료의 본분이다. 그러다 보면 희미하나마 빛이 보일 때도 있고, 반대로 차츰 더 나락으로 빠져들 때도 있다.

4년 전쯤 차로 한 시간 가까이 달려 찾아간 시골집에서 처음 뵌 60대 여성, 다발성뇌위축증과 파킨슨증 때문에 사지마비 상태였다. 칠십 넘은 언니가 돌보고 계셨다. 다른 가족은 없었다. 대학병원 진료는 약 처방만 남은 상태……

어느 날 언니한테서 연락이 왔다. 이젠 밥도 못 삼키고 열도 나고 몸에서 지독한 냄새가 난다고……. 삼키는 기능이 마비되고 천골부 4도 욕창에선 고름이 흘러내리고, 폐렴과 요로감염증이 합병된 상태였다. 더 심각한 건 언니도 늙으며 남보다 빠르게 몸이 망가져 동생을 더 이상 돌볼 수 없는 지경이었다.

동생을 입원시켰다. 위루관 시술, 욕창부 외과시술, 감염증 치료가 반복되었다. 다행히 지금은 영양상태도 나아지고 천골부 4도 욕창은 다 나았다. 적극적 의사표현은 불가능했지만 소통은 약속된 눈짓으로 제한적이나마 가능했다.

아침 인사를 드릴 때마다 '잘 살아 있음. 언니도 잘 살아 계심'을 기도처럼 함께하고 있다.

**: 옹기종기 모인 시골 마을에 사시는 부부**
스무 살 갓 넘은 아들이 아기 때 시작된 뇌성마비 후유증과 잦은 수술을 더 이상은 견디지 못하고 삶의 마지막 길에 들어서고 있었다. 방문진료와 입원진료로 고통만 덜어주길 반복했다. 끝내 아들을 먼저 보낸 뒤 '함께해줘서 고마웠다'는 말을 전해 들었다.

## : 마을회관 옆 느티나무 풍채가 듬직한 산골 마을

아내는 퇴행성 장애로 거동이 하루가 다르게 어려워지고, 남편은 말기 암으로 고통을 겪으며 사납게 까칠해지셨다. 아내는 그런 남편 눈치보며 점점 더 주눅들고, 남편은 남편대로 아내 돌보기가 점점 더 버거워졌다. 아무리 수를 내봐도 집에서 견뎌내기 어려운 상황, 그렇다고 섣불리 개입할 수 없어 그냥 통합돌봄팀과 함께하며 버티고 있다.

수많은 고통의 극에 달한 동생과 언니 / 먼저 보낸 장애 아들 / 주눅든 장애 아내와 까칠한 고통만 남은 말기 암 남편과 함께하며 굳어지는 생각 : 방문진료, 왕진의 본질은 '환자 스스로도 존엄하고 그분이 맺은 관계도 존엄함을 함께하는 나날'.

허투루 하지 않도록 늘 마음에 새길 일이다.

# 부천시민의원의
# 방문진료가 특별한 점

조규석 (부천의료복지사회적협동조합 부천시민의원 의사)

　부천시민의원을 원미동에 자리잡은 이유 중에는 현실적인 문제도 있었지만 지역주민과 더불어 건강한 건강공동체를 추구하고자 하는 의미도 있었다. 부천에서 가장 고령화된 지역이고 독거 어르신들이 많은 지역이었다. 2017년 부천시민의원 1차 개원을 한 이후 곧바로 그 당시 원미 2동 복지협의체와 함께 홀로 삶 어르신 방문진료를 시작하였다. 매주 화요일 오전 3~5분의 홀로 삶 어르신을 방문하여 한 분을 3개월마다 재방문하는 일정이었다. 광역동으로 통합되면서 지금은 중단되었지만, 그때 방문했던 어르신 중 일부가 지금의 원미동 청춘싸롱에서 건강모임을 유지하고 있다.

그 당시 초기에 나는 25년 동안 대학병원 외과 의사로 특화되어 있는지라 어르신을 방문하면 혈압, 혈당을 측정하고 나면 딱히 더 해줄 수 있는 게 없었다. 그런데도 그분들은 의사가 집에까지 와주었다고 고마워하시고 여기저기 불편한 곳을 풀어놓아 주셨다. 나는 들어주고 아픈 곳을 만져주면서 병원에 가서 치료를 받으시라고 권고하였다. 그러면 대부분의 어르신은 다 필요 없다고 하셨다. 백날 주사 맞고 약 먹어 봐야 필요 없고, 계속 아프다고 하면 의사들은 비싼 검사만 하라고 하는데 돈도 없고, 수술을 해봐도 좀 지나면 다시 아파서 더는 아무 치료도 안 받는다고 하신다.

난 딱히 해줄 게 없는 찝찝한 마음에 돌아서지만 어르신들은 왠지 밝은 표정이시다. 그렇게 1년, 2년이 지나면서 방문진료의 요령을 터득하게 되었다. 행복하고 건강한 노년을 위해서 무엇을 노력해야 하는지 본격적으로 고민하게 되었고, 만성질환 관리와 만성 근골격계 통증 관리에 대해 다시 찾아보고, 그 방법을 직접 어르신들에게 적용해서 좋은 반응이 있는 처방을 다른 분에게도 적용해보았다. 그렇게 모아진 처방들을 다시 한번 의사 학술지를 통해 검증하여 부천시민의원만의 방문진료 매뉴얼을 만들게 되었다.

방문진료의 경험이 없는 의료인들은 방문진료를 하면 검사 도구가 없어서 진단을 정확히 못 해서 가까운 병원으로 모시고 가는 것이 환자를 위해서 최선이라고 생각한다. 아니면 이미 처방한 약이 집에 쌓여 있는데 추가 약 처방이 의미가 없으리라 생각한다. 진료실에서 만나는 환자와 방문진료로 만나는 환자는 진찰하는 순서도 다르고 중요하게 여기는 포인트도 다르다. 진료실의 환자는 어디가 아파서 오셨는지 여쭤보는 것이 첫 번째라면 방문진료에서는 어디가 아픈지 살펴보러 왔다고 말한다. 진료실의 환자는 효과가 좋은 약과 주사를 처방하는 것이 중요하지만 방문진료에서는 통증과 외로움을 공감하고 나아질 수 있다는 용기를 주는 것이 중요하다. 어떤 치료도 효과가 없기에 죽을 때까지 통증으로 인해 고통받을 것이라는 한탄과 자포자기에 빠진 어르신들을 이런저런 스트레칭과 운동을 실제 해보게 한다.

90도로 굽어져 허리가 펴지지 않는 분은 수년 전에 척추 압박골절이 있었고 그 당시 너무 통증이 심해 허리를 웅크린 채 옆으로만 누워 지냈다고 한다. 압박골절은 그 상태로 아물어 통증은 미미해졌지만 장요근(요추 – 골반 – 대퇴로 이어진 근육)은 단축된 채로 그대로 굳어버려 이제는 허리를 펴고 반듯이 누워 자는 것이 소원이라고 한다. 당연히 병원에 갈 수 없고 진통제를 드신다고 하여도 효과는 없다. 근육 마사지, 스트레칭을 30여 분 시행한 후에 조금씩 다리가 펴지고 다시 허리가 구부러지기는 하지만 노력하면 반듯이 누울 수 있었다. 어르신은 포기했던 몸이 좋아지는 것을 보고 너무 기뻐하셨고 이제는 하지 근력운동을 해서 외출도 해보겠다고 희망을 가지기 시작하였다.

낙상으로 대퇴골 골절이 있어서 수술하신 분이 수술 후 재활치료가 잘 이루어지지 않아 골절 부위는 잘 아물었음에도 다리가 후들거려 거동이 불가하였다. 또 낙상으로 다칠까 봐 움직이는 걸 꺼리다 보니 시간이 지날수록 하지 근육은 쪼그라들어갔다. 방문진료를 하였을 때 처음에는 일어서는 것도 부정적으로 생각하였는데, 하지 근력 운동을 쉬운 것부터 시작하여 30여 분 정도 하고 나니 본인이 생각하기에도 힘이 나는 것 같아 생각지도 못했던 의자에 앉았다 일어서는 것을 할 수 있게 되었다. 그리고 더 운동하면 하지에 힘이 생기고 외출도 가능할 것 같다는 자신감을 표현하기도 하였다.

특별한 약과 주사를 처방하는 것이 아니라 회복될 거라는 자신감을 심어주고 스스로 노력하게 하는 것이 방문진료에서 가장 중요한 사항인 것이다. 물론 적절한 스트레칭과 운동을 처방하는 것은 기본이다.

전국적으로 작년부터 방문진료 시범사업을 시행하였고 부천시민의원은 올해 7월부터 본격적으로 시행했다. 과거에는 의료기관이 아닌 곳에서 의료행위가 불법이어서 방문진료가 어려웠는데, 거동 불편 환자 등에 대한 의료접근성 문제를 해결하기 위해 시범사업을 하게 되었다. 부천시민의원은 전에 원미동 홀로 삶 어르신 방문진료 2년, 통합돌봄 방문진료를 2년 동안 꾸준히 시행해 왔으며, 또 다른 형태의 방문진료 시범사업을 하게 된 것이다. 이는 거동불편자의 의료접근성 향상 커뮤니티케어 기반 확보를 위한 시범사업으로 부천시민의원에서 그간 진행해온 방문진료 형태와 진료 내용은 동일하다. 그래서 부천시민의원 방문진료의 특별한 점은 많은 방문진료 경험이 있어 거동이 불가하신 분들에게 용기와 희망을 주고자 한 점이며, 약과 주사와 같은 일회 처방이 아닌 집에서 따라 할 수 있는 스트레칭, 근력운동 등을 교육하여 스스로 회복하고자 하는 힘을 만들어주는 것이다.

# 내원하지 못하는 환자들의 안전한 '대리처방'을 돕는 방안들

김종희 (원주의료복지사회적협동조합 밝음의원 의사)

"어머니 몸이 쳐져요."라며 60대 딸이 왕진을 요청했다. 80대 할머니는 노쇠로 거동이 불편해지면서 의원에 진료받으러 가기 힘들어졌다. 더구나 요양원에 보내질 것을 걱정하며 병원 진료를 거부해 오셨다. 그래서 불면과 정신행동 이상증상이 심할 때 처방받았던 약을 대면진료 없이 1년 넘게 대리처방 받을 수밖에 없었다. 어머니 몸이 쳐지는데도, 1년 전 약을 그대로 복용해 온 것이다.

거동이 불편하여 의원에 올 수 없는 환자들은 가족이나 돌봄종사자가 대리처방 받아온 약을 복용한다. 가족이 대신하여 환자의 건강 상태를 제대로 설명하지 못하는 경우가 많고,

여러 병·의원을 다니면서 어떤 약물들을 드시고 있는지 파악이 안 되고, 무엇보다 환자를 직접 보지 못하는 상황에서 발행되는 대리처방전은 매우 불안하다. 6달 치를 한 번에 대리처방 받는 사례들도 종종 본다. 식사를 거의 못 하는데 고용량의 당뇨약을 그대로 챙겨 먹거나, 영양부족과 탈수로 저혈압인데 기존 고혈압약을 계속 복용하거나, 의식이 처지는데 과거 진정 효과가 큰 정신과 약물이 그대로 재처방될 수도 있다. 불안한 대리처방이 무방비상태에 이루어지고 있다. 2019년도 장기요양 실태조사 보고서(강은나 외 4인)에 의하면 대리처방 받는 장기요양 수급자는 30.7%에 이르고 있다.

의원 로비에는 '대리처방은 불법입니다'라는 공익광고 포스터가 붙어 있다. 단, 거동이 불편한 사람은 위임장과 가족관계 증명서를 구비하는 행정적인 절차를 통해 가능하다고 열어두었다. 그렇다고 해도 환자의 현재 건강 상태를 살피지 않은 채 발행되는 대리처방은 환자, 돌보는 가족, 의사 모두를 불안하게 만든다. 대리처방전을 주고받는 의사나 환자 모두의 불안감을 해소하고 안전한 대리처방 돕는 방안은 없을까? 의원에 오지 못하는 환자들의 진료받을 권리를 향상시킬 현장 상상력과 실천이 필요하다.

거동 불편으로 내원하지 못하는 환자들의 안전한 '대리처방'을 돕는 몇 가지 실천방안들을 상상해본다.

첫째, 대리처방 받는 재가환자와 방문진료하는 의사가 주치의 관계를 맺는 제도설계가 필요하다. 2019년 말 시작한 '일차의료 방문진료 시범사업'은 일회성 방문진료 방식이다. 장애인 건강주치의 제도처럼 '포괄평가와 계획수립' 같은 수가제도를 신설하여 방문진료를 통한 주치의 관계 맺기를 촉진해야 한다. 환자의 상태를 통합적이고 지속적으로 살펴보지 못하는 불안한 대리처방은 건강을 악화시키는 위험요인 1순위이기 때문이다.

매년 고혈압, 당뇨병 적정성 평가(지속적 외래진료, 약 처방의 적절성, 합병증 예방 및 관리를 위한 검사 시행 여부 등)가 양호한 의료기관에 인센티브를 지급하듯이, 정기적인 방문진료 주치의 관계로 안전한 대리처방을 이어가는 의료기관에 적절한 인센티브를 제공한다면 더욱 좋겠다. 내가 일하는 밝음의원에서는 장기간 대리처방을 받는 가족에게 방문진료를 안내하고 있다. 방문진료를 가서 기본 혈액검사, 진찰, 상담을 하고 안전한 대리처방을 위해 1~3개월마다 지속적인 방문진료 주치의 관계 맺기를 확장해 가고 있다.

둘째, 방문진료 방문간호를 독립적으로 운영하기 어려운 의료기관들에게 '공동 방문간호스테이션' 제도가 필요하다. 대부분의 개원가는 의사 한 명이 진료하는 단독개원 형태이다. 간호인력은 간호조무사가 90% 이상을 차지한다. 이러한 개원가의 인력구조에서는 '일차의료 방문진료 시범사업'과 '장애인건강주치의'를 통한 방문진료 방문간호 활동을 수행하기 어렵다. 단독개원 의사들이 불안한 대리처방을 안전하게 보완할 수 있는 '공동 방문간호스테이션'을 둔다면 어떨까?

공동 방문간호는 각 개원가 의사의 처방에 따라 진행된다. 개원가 의사가 '공동 방문간호스테이션'에 대리처방을 받는 환자의 집으로 찾아가는 방문간호를 요청한다. 방문간호사는 환자 집을 방문하여 혈액검사, 혈압, 혈당, 약물 부작용, 약물 복용 순응도 등을 파악하여 개원가 의사에게 보고한다. 의사는 방문간호 내용을 참고하여 보다 안전한 대리처방을 하고, 1~3달 주기로 방문간호 요청을 이어간다. 공동 방문간호스테이션은 안전한 대리처방을 돕고, 지속적인 주치의 관계를 이어 가는 데 도움이 될 것이다. 내가 일하는 밝음의원에서는 사회백신 프로젝트(강원사회복지공동모금회 지원의 공익사업)로 2021년 '공동방문간호스테이션'사업을 원주시의사회 소속 몇몇 개원가들과 함께 시도하고 있다.

셋째, 전국의 지방의료원에서 방문의료팀을 운영한다. 의료원의 각 전문과목 의사가 장기 대리처방 받는 환자의 집으로 찾아가는 방문의료를 의뢰하면, 방문의료팀은 방문진료나 방문간호를 수행하여 담당 의사에게 보고한다. 진행 과정은 '공동 방문간호스테이션'과 같다.

거동불편으로 내원하지 못하는 환자들의
안전한 <대리처방>을 돕는

# 공동
# 방문간호스테이션

## ◇ 공동방문간호스테이션이란?
- 원주의료사협에서 공동방문간호스테이션 시범사업을 운영합니다.
  (시범사업기간 : 2021년 8월부터 2022년 7월까지)
거동이 불편하여 의사의 대면진료를 받지 못하고, 가족 등이 대리처방을 받아온 환자의 집으로 방문간호사가 방문하여 혈액검사, 혈당, 혈압, 약부작용 및 복용순응도, 건강상태 등을 파악하여 방문간호를 신청한 의원의 의사에게 보고드립니다.

## ◇ 누가 이용하나요?
원주시의사회 소속 의원 의사가 신청하여, 거동불편으로 6개월이상 대면진료를 받지 못한 환자의 집으로 방문간호사가 갑니다.

## ◇ 이용 절차는 어떻게 되나요?

| 원주시의사회<br>소속 의원에서<br>방문간호를 요청 | > | 방문간호사가<br>방문활동후,<br>요청한 의원에<br>방문간호내용을 보고 | > | 의원에서 보다 안전한<br>대리처방을 위해<br>방문간호내용을 참고하고,<br>1~3달 적정주기로<br>방문간호를 요청 |

## ◇ 비용은 어떻게 되나요?
방문간호를 의뢰하는 의원과 방문간호를 받는 환자 모두에게 부과되는 비용은 없습니다. 본 사업은 강원공동모금회의 지원으로 이루어지는 공익사업입니다.

## ※ 문의 신청 / 033-732-7577 / wjmed1@naver.com
원주의료사협 공동방문간호스테이션 담당자

원주의료사협
밝음의원 / 사회적기업<br>원주의료복지사회적협동조합 / 사랑의열매<br>사회복지공동모금회

# 장애인건강주치의제도와
# 방문진료

송대훈 (연세송내과의원 의사)

장애인건강주치의제도는 중중장애인을 대상으로 거주지역에서 건강주치의로 의사를 등록하고 만성질환이나 주 장애를 관리받도록 만든 제도이다. 2017년 12월부터 시작되었다. 우연히 아는 분이 이런 제도를 준비 중에 있는데 교육을 받고 해보라고 추천해 주서서 1차 시범사업부터 참여하게 되었다. 장애와 관련이 있는 과에서는 주 장애 관리를 맡을 수도 있고 만성질환이나 일반질환을 관리하는 일반 건강 관리가 있으며 두 가지를 같이 진행할 수 있는 통합관리 건강주치의로 나뉘어 있다. 우리 의원은 내과니까 주 장애에 대한 관리는 못 하고 만성질환에 대한 관리를 하는 일반 건강 관리 건강주치의를 신청하고 그렇게 시작되었다.

하지만 1년을 운영했는데도 등록한 분은 고작 한 분이었다. 그것도 원래 우리 의원에 다니던 호흡기 장애가 있던 분이다. 노력을 안 한 것은 아니다. 보건소나 장애인 단체나 기관에 연락해 보았고 그러고 나면 문의 전화도 많이 왔었다. 하지만 진료로 이어지거나 장애인 주치의 등록으로 이어지지는 않았다. 장애인건강주치의제도를 만들면서 중증장애인들의 요구가 무엇인지에 대한 이해가 부족했다. 막연하게 이런 제도가 생기면 좋을 것 같았다. 하지만 기존에 만성질환으로 처방을 받던 분들은 병원을 바꾸면서까지 주치의제도를 해야만 할 이유가 없었다. 우리도 마찬가지로 가만히 앉아서 환자가 오기를 기다려서는 중증장애인이 올 리가 없다는 걸 이해하지 못하고 있었다.

환자를 기다리지 않고 만나러 가야 한다. 결론은 쉽게 났다. 하지만 이걸 해결하기 위한 고민은 어려웠다. 초기 장애인건강주치의제도 시범사업에서 방문진료에 대한 고려가 있었고, 그래서 방문의료나 방문간호에 대한 수가가 책정되어 있다. 하지만 실제적으로 의원을 운영하는 입장에서 지속 가능한 서비스가 되려면 인건비를 감당할 수 있는 수요를 만들어 낼 수 있는가가 고려되어야 한다. 결국 장애인 복지에서 네트워크를 가진 사회복지사를 통한 수요의 확대를 고려하게 되었다. 그래서 간호사보다 사회복지사를 먼저 고용하여 방문진료팀이 만들어지게 되었다.

지금은 사회복지사 1인에 간호사 3인으로 이루어져서 장애인건강주치의사업에서 이루어지는 방문진료와 방문간호를 운영하고 있고 공공기관과 함께 독거노인 보훈대상자를 대상으로 방문진료와 방문간호를 제공하는 사업도 같이하고 있으며 도 교육청과 같이하는 학교에 다니는 복합장애아동을 위한 의료서비스 제공을 위한 간호사 파견도 하고 있다. 우리 병원에서 운영하는 장애인건강주치의제도에서는 월 1회의 방문간호를 원칙으로 운영하고 있다. 간호사 3인으로 운영하는 현재 상태에서 우리 기관이 담당할 수 있는 인원은 200명이 넘지 않는다. 2020년 파주시에 등록 장애인은 2만 명 정도로 이중 중증장애인은 약 8천 명이다. 이 중 절반 정도만이라도 건강주치의 서비스를 받으려면 우리 같은 의료기관이 20개 정도는 있어야 한다.

많은 중증장애인이 건강주치의제도의 혜택을 받을 수 있도록 많은 의료기관이 건강주치의 서비스를 할 수 있는 제도적 뒷받침과 보완이 필요한 것으로 보인다. 그리고 많은 의료 관련 종사자들이 중증장애인을 위한 건강주치의제도에 대해 관심을 가지고 노력하기를 바란다.

# 지역장애인보건의료센터의
# 존재 이유

이혜선 (서울특별시북부지역장애인보건의료센터 간호사)

코로나19로 보건의료인의 역할에 관심이 높아지고 있으며, 특히 지역사회를 포함한 다양한 영역에서 간호인력의 역할에 대한 관심이 커지고 있다. 국제간호사협의회는 간호를 다음과 같이 정의하고 있다.

"모든 연령의 개인, 가족, 집단, 지역사회를 대상으로 아프거나 건강한 사람에게 돌봄을 제공하기 위하여 협력하고 자율적으로 행하는 것이다."

대부분의 간호인력이 개인의 질병에 초점을 맞춰 임상간호사로 병원에서 근무하고 있다. 그러나 사회역학이나 인간을 둘러싼 환경에 관심이 많았던 나는 지역사회에서의 간호사 역할에 호기심이 많았고, 특히 지역사회 내 취약계층 간호, 지역사회통합돌봄으로 관심 분야가 좁혀져 2021년 2월, 설 연휴를 일주일 앞두고 은평구에 위치한 서울재활병원 내 서울특별시북부지역장애인보건의료센터(이하 센터)에서 지역사회 간호사로 근무하기 시작하였다.

이야기에 앞서 제가 근무하는 센터를 소개하고자 한다. 센터는 2017년에 시행된 '장애인 건강권 및 의료접근성 보장에 관한 법률'(이하 장애인 건강권법)에 근거하여 2019년 4월 보건복지부와 서울시로부터 서울재활병원이 지정을 받았고, 2019년 7월에 개소하였다. 서울시 북부 14개 자치구에 거주하는 장애인의 건강권과 의료접근성 향상을 목적으로 통합보건의료서비스를 지원하는 역할을 하고 있으며 구체적으로 센터 사업은 다음 4가지로 구성되어 있다.

· 장애인건강보건관리사업
· 보건의료인력 및 장애인 · 가족에 대한 교육
· 여성장애인의 모성 보건사업
· 건강검진 · 진료 · 재활 등 의료서비스 제공

센터 사업은 재가 장애인으로 대상이 특정되어 있으나, 지역사회 내에서 장애 당사자의 자기결정권을 중심에 놓고 의료기관, 보건소, 복지관 및 장애인단체 등 기관협력을 통해 지역사회통합돌봄을 위한 기반을 다니는 데 큰 의의가 있다.

반 년 동안 센터에서 지역사회 간호사로 근무한 발자취는 크게 재가 장애인을 대상으로 국가건강검진 지원 및 의료기관 연계를 통한 유소견 관리, 장애인건강주치의 연계, 장애인 자립생활주택 및 지원주택 거주자에 대한 보건의료서비스 지원으로 요약할 수 있다. 센터는 지역사회 내 보건의료자원을 당사자 요구 중심으로 통합하기 위하여 위와 같은 보건복지 서비스 연계 외 직접서비스 형태로도 건강지원을 한다. 구체적으로 가정방문을 통한 포괄적 초기 평가 및 사례 개입 계획 수립, 간호사의 약물교육 및 만성질환 관리 교육, 소속기관인 서울재활병원의 장애인건강주치의, 재활의료서비스 지원 등이 해당한다.

지역사회 내 다양한 기관의 협력에 힘입어, 6개월이라는 짧은 시간 동안 적지 않은 장애 당사자에게 필요한 보건의료 서비스를 지원할 수 있었다. 특히, 은평구의 경우 장애인 지원주거센터를 중심으로 건강지원 협의체를 운영하고 있으며 입주자마다 주장애 및 일반건강관리 장애인건강주치의 연계, 복지시설 이용 등 보건의료복지가 균형을 이루는 결실을 맺었다. 최근에는 마스크 착용을 강하게 거부하여 의료기관 방문이 어려웠던 성인 발달장애인에게 코로나바이러스 백신 접종을 성공적으로 연계한 경우도 있었다. 당시, 코로나 팬데믹 상황에서 마스크 착용이 어려운 장애인의 의료기관 이용 방침이 마련되지 않았고 발달장애인 거점병원에서도 대안 없이 진료 거부를 하는 어려움 중에 있었다.

하지만 기관 간 긴밀한 네트워킹을 지속했던 녹색병원 진료협력팀의 도움으로 의료진이 당사자가 탄 자동차로 접근하여 접종하는 방안을 기획할 수 있었다. 제도의 공백을 센터와 민간의료기관의 협력으로 메꿔 장애 유형에 따른 문제 상황을 고려하여 의료서비스를 지원한 대표적 사례였다. 그러나 사례를 성공적으로 이끌지 못한 경우도 있었다. 지역사회 내 복지시설과 관련한 에피소드로 아래에 소개하겠다.

소개하는 기관은 마포구에 소재한 시설로 총 15명의 중증 뇌병변장애인이 낮 시간 동안 활동하는 공간이다. 기관관계자는 기관으로의 방문진료가 가능한 장애인건강주치의 연계를 우선순위로 의뢰하였다. 이용자 대부분의 중증도가 높지만 필요시 현재 간호사 한 명이 건강관리를 지원하고 있다고 설명을 덧붙였다. 보건의료인력 및 전문적인 진료 지원과 같은 기관 내 보건의료 영역의 공백을 보완하고자 먼저 장애인건강주치의가 기관으로 방문 가능한지 건강보험심사평가원에 문의하였다. 장애인건강주치의 방문서비스는 재가 장애인 대상 사업으로 장애인 복지관, 장애인 주간보호시설 등 복지시설로의 지원이 불가하기 때문이다. 해당 기관의 경우, 행정상 시설유형은 평생교육시설이었지만 간호사에 의한 간호 및 돌봄이 이뤄지고 있어 기관 성격이 모호해 공식기관의 자문이 필요하였다. 장애인건강주치의 지원이 어렵지 않을까 하는 생각도 들었지만, 내심 긍정적인 답변을 기대하였다. 그러나 시설 유형이 복지시설에 해당하여 이용 당사자의 실질적인 중증도나 요구도와 상관없이 장애인건강주치의 방문서비스가 불가하다는 답변을 들었다.

방문서비스가 어렵다는 답변을 듣고 복잡한 감정을 추스르기 힘들어 의뢰해준 기관에 한동안 결과를 안내할 수 없었다. 그 이유를 말씀드리자면 첫 번째로, 기관 설립에 앞서 당사자의 요구도 파악 및 정밀한 정책 검토가 이뤄졌다면 설립 목적에 부합하는 시설 유형과 이용 당사자 선정이 가능하지 않았을까 하는 안타까움이다. 두 번째로는, 기관 관계자에 대한 미안함이다. 해당 기관의 간호사는 의료기관이 아닌 근무환경에서 높은 중증도의 노동으로 인한 당혹스러움, 역할 갈등을 경험하는 것으로 느껴졌는데 그 어려움에 공감하는 만큼 적합한 도움을 주지 못했다는 생각에 마음이 무거웠기 때문이다. 마지막으로, 보건정책 사업을 계획하고 수행하는 마음에는 신중함이 필요하다는 깨달음이다. 선한 의지와 필요에 의해 시작한 사업이어도 섬세한 고민으로 끝맺지 못한다면 이

번 사례와 같이 그 피해의 몫은 장애 당사자와 지역사회 내 보건의료인 개인의 소진으로 이어지기 때문이다.

앞에서 소개한 활동 외에도 센터는 지역사회 내 장애인의 건강권을 옹호하고 건강한 삶을 지원하며 개소 2주년을 앞두고 있다. 그리고 때때로 법과 제도 설계의 미흡함으로 인해 사각지대에 놓인 장애인의 건강지원 한계에 부딪히며 실질적인 역할을 하는 기관으로 자리매김하고자 고민하는 시간도 점차 많아지고 있다.

한 인터뷰에서 『아픔이 길이 되려면』의 저자 김승섭 교수는 도서 출간의 배경 질문에 다음과 같이 이야기하였다.

"저의 말이나 글이 답이나 해결책이라기보다 좀더 섬세한 질문, 좀더 깊은 질문이길 바랐다. 질문을 정확하게 던지는 일은 중요하다. 더 이상 묻지 않아야 할 질문과 물어야 할 질문을 구분하고, 물어야 할 질문을 잘 물어보고 싶었다."

지역장애인의 건강권과 의료접근성 향상을 위한 섬세하고 깊은 질문, 더 나아가 반드시 사회에 물어야 할 질문이 축적되고, 그 질문에 충실한 답을 채워 나가는 나와 센터가 되기를 소망하며 글을 마친다.

# 보건소 방문보건사업,
# 누구를 위한 사업인가?

최진영 (삼척시 공중보건의사)

안녕하세요! 저는 현재 강원도 삼척에서 공중보건의사로 근무 중인 최진영이라고 합니다. 작년 한 해 동안 삼척시 보건소에서 건강증진과 방문보건담당계 소속 의사로 일하며 방문진료(사실 진료라고 말하기에는 민망한 정도입니다.)를 다니며 제가 보았던 것들, 느꼈던 것들을 미천하지만 소소하게 이야기해 보려고 합니다.

2020년, 의과대학 졸업과 동시에 터져버린 신종 감염병 사태에 저는 신입 공중보건의로서 의사면허증에 잉크가 마르기도 전에 차출되어 방역 최전선에서 일하게 되었고 이후 정식 배치되어 삼척시 보건소에서 근무하게 되었습니다.

삼척시 보건소에서는 당시 방문보건사업을 시행하고 있었는데 사업 내용을 간략하게 소개하자면 선정된 방문 대상자를 가가호호 간호직 공무원들이 돌아다니며 혈당과 혈압을 체크하고 그에 대한 간략한 상담을 제공하는 사업입니다. 그래서 방문보건사업만 전담으로 하는 간호직 공무원 선생님들께서 매일 방문을 나가시고 의사는 다른 기타 사업(모바일 헬스케어 사업, 원격진료 사업 등) 및 진료(내과진료, 선별진료, 예방접종 예진 등)가 주 업무이다 보니 주 2회 간호직 공무원 선생님들께서 나갈 때 3시간 정도 동행해서 나가는 그런 시스템이었습니다.

　그러다 보니 아무래도 의사는 부수적인 역할에 한정되어 있고 방문 나가는 횟수가 많지도 않은데 보건소에 등록되어 있는 방문사업 대상 가구는 몇 천 가구에 육박하다 보니 몇 개월 동안 주 2회 방문을 나갔지만 같은 집을 2번 방문한 적이 없을 정도였습니다. 당연히 환자와의 라포 쌓기는 거의 불가능했고, 또 아무래도 간호직 공무원 선생님들께서는 의사가 아니다 보니 환자의 과거력은 당뇨, 고혈압 외에는 아무것도 파악되어 있지 않아 매번 새로이 환자에게 물어봐야 하는 번거로움이 있었습니다. 결국은 방문할 때마다 매번 새로운 분들을 만나 그 전 몇 달간 공무원 선생님께서 기록해 놓은 혈당 및 혈압 수치를 바탕으로 간단한 의학적 조언을 하는 정도의 기능을 하는 방문진료였습니다.

이게 무슨 의미가 있나 라고 생각했던 적도 많았지만, 그럼에도 불구하고 방문을 다니면서 느꼈던 것들이 참 많습니다. 지금 돌이켜 보면 진료실을 벗어나 환자들의 삶의 현장을 자세히 들여다볼 수 있는 참 귀중하고 가치 있는 시간들이었습니다.

가장 크게 와닿았던 것은 나는 당연하게 알고 있는 것들이 환자들에게는 당연하지 않다는 것이었습니다. 인터넷의 보급으로 도시의 사람들은 어떠할지 모르겠습니다만 산골짜기에서 농사를 지으며 평생을 살아오신 어르신들께는 혈압, 혈당이라는 단어가 익숙하지 않았습니다. 심지어 고혈압, 당뇨라는 단어를 살면서 처음 들어보신 어르신도 계셨습니다. 그러니 어르신들 입장에서는 보건소에서 처음 보는 의사, 간호사라는 양반이 집에 와 팔에 뭘 칭칭 감아 혈압을 재고, 손가락 끝을 찔러 이상한 기계에 수치가 나오게 해서 본인의 건강을 체크해 주는 것만으로도 신기해하고 크게 감사해하셨습니다. 또 혈압이 높다면 약을 먹어야 하는지, 어떻게 식습관과 운동습관을 관리해야 하는지도 당연히 모르고 계시니 그런 걸 알려드리는 것만으로도 환자분들께 큰 도움이 되지 않았나 싶습니다(잔소리로 생각하셨는지도 모르겠네요).

또 진료실에서는 절대 보이지 않던 것들이 방문을 나가면 보이게 됩니다. 진료실에서 환자 이름과 나이만 마주할 뿐 그 환자의 개인적인 사정, 재정 상태 등을 알 수 없습니다. 이 당뇨환자나 저 당뇨환자나 의사에게는 똑같은 당뇨환자일 뿐이죠. 하지만 방문을 나가면 사정이 다릅니다. 어떤 당뇨환자 할머니는 넓은 집에 살면서 본인의 당뇨라는 질환에 대해 높은 이해도를 갖고 계시며 집에 자가 혈당 측정하는 기계도 갖고 있어서 제가 방문했을 때 가정에서 측정한 혈당 기록을 쭉 보여주시면서 제게 조언을 구합니다. 반면에 다른 어떤 당뇨환자 할머니는 허름한 집에 사시며 관절도 안 좋지만 당장 먹고 살길이 막막해 시에서 운영하는 노인 일자리 사업에 매일 나가 일합니다. 그러다 보니 당연히 병원 올 시간은 없고 본인의 당뇨 상태가 어떤지 알 길이 없습니다. 2020년 여름에 큰 태풍이 삼척을 강타했는데 엎친 데 덮친 격으로 지붕의 일부가 유실되어 비가 오면 지붕에서 물이 샙니다. 이렇게 일상이 버거우신데 어떻게 의료기관을 방문하실 수 있겠습니까. 어찌어찌 그렇게 살다 보니 어느 날 눈이 잘 안 보이거나 소변이 이상해도 나이가 들어서 그런가 보다 하실 뿐, 정말 심해져야 병원에 방문하시는 경우가 태반입니다. 이미 그때는 당뇨 합병증이 한참 진행되고 난 이후일 겁니다.

이 글을 쓰는 동안 방문을 나가서 보고 들었던 수많은 환자들의 이야기가 머릿속에 스쳐 지나갑니다. 간암으로 간을 절반 넘게 잘라냈는데도 집에 가보니 술병이 방바닥에 굴러다니던 할아버지, 자식들은 타지에 나가서 살아 1년에 한 번 올까 말까 하다고 자식보다 자주 오는 보건소 양반들이 더 반갑다고 말씀하시던 할머니, 방금 삶은 거라고 감자를 나눠 주시던 어르신, 보건소 선생님들 오신다고 경로당에 쪼르르 모여앉아 기다리시던 어르신들……

하지만 이 이면에는 개인적으로 느낀 시스템상의 문제점이 많습니다. 아무래도 공공의료기관에서 시행하는 '사업'이다 보니 '실적'에 목을 매게 됩니다. 저는 그저 지나가는 공보의에 불과해 자세히는 모르지만 아무래도 눈에 보이는 '실적'이 있어야 그 다음해에 그 자료를 바탕으로 또 그 사업을 할 수 있어서가 아닐까 싶습니다. 그리고 그 '실적'은 결국 윗분들에게 눈에 띄기 좋은 숫자, 즉 '방문보건사업의 대상자 수'일 뿐입니다. 그래서 말단 간호직 공무원 선생님들에게는 각각 1년간 방문해야 하는 가구의 수가 배정되어 있었고 이를 채우지 못할 경우 당하게 될 불이익(간호직 공무원은 계약직입니다)을 늘 두려워하는 처지였습니다. 연말이 되면 보건소 책상 앞에 앉아 있는 보건직 공무원(정규직)이 방문 숫자를 채우지 못했다고 간호직 공무원 선생님들을 쪼게 됩니다. 그런 이유로 애시당초 한 가정에 그렇게 많은 시간을 쏟을 수도, 여러 번 반복적으로 가는 것도 제한될 수밖에 없는 상황입니다. 차라리 간호직 공무원 선생님들과 저는 일선에서 직접 환자들을 만나고 그들의 처지를 눈으로 보고 느끼니까 따뜻한 인간의 정이라도 생겨 손이라도 한 번 잡아드리고 나오지만 결국 그 모든 사업을 총괄하는 윗선의 공무원들에게는 그들이 그저 숫자에 불과합니다. 사람을 위해 시작했던 사업이 사람은 뒷전인 그저 사업을 위한 사업이 되어가는 것이 아닐까 두렵습니다.

알고 있습니다. 어떤 사업이나 정책을 만드는 사람도, 수행하는 사람도 모두 사람이기에 완벽할 수 없고 각자의 이기심이 들어가 있을 수 있다는 것을요. 애당초 사업을 계획, 수립할 때부터 순수하게 주민들을 위한 마음으로 시작했을 수도 있고 그저 일이니까, 또는 승진을 위한 보여주기식 사업으로 시작했을 수도 있습니다. 하지만 잠깐이라도 어르신들의 집을 방문해 어르신들의 삶에 부대껴 봤다면 어르신들은 사용 방법도 잘 모르는 휴대용 선풍기를 기념품으로 드리기 위해 방문보건 사업에 배정된 보건소의 소중한 예산을 쓰거나 이상한 스마트폰 어플리케이션으로 어르신들의 건강을 체크하는 헬스케어 사업을 하겠다고 나서는 우는 범하지 않을 수 있지 않을까 하는 생각을 해봅니다.

# 할머니가 차려주신
# 저녁밥

김창오 (건강의집의원 의사)

"오늘 2시에 오면 밥 먹고 가. 반찬은 없지만 새로 밥 지었으니까 꼭 먹고 가."

"안 돼요. 어머니…. 밥 먹고 갈 시간은 없어요. 오늘은 안 돼요."

"밥 먹고 가. 벌써 밥 새로 했어. 꼭 먹고 가."

"안 되는데……. 그럼 2시엔 힘들고 저녁시간에 갈게요. ㅠㅠ"

언제부터였을까? 간경화로 생애 말기를 보내고 계시는 할아버지 댁에 갈 때마다 할머니가 차려주시는 집밥을 꼬박꼬박 얻어먹게 되었다. 한 1년 정도 되었나? 미국에 살고 있는 자녀들이 귀국하였을 때부터였나? 함께 가족상담을 진행하다가 할머니가 차려주신 저녁식사를 같이 맛있게 먹었던 것이 계기가 되었던 것 같다. 따뜻한 밥보다 더 따뜻한 가족들의 분위기에 너무 맛있게 먹었었고, 할머니께서는 그 모습을 흐뭇하게 지켜보셨던 것 같다. 자녀들은 금방 미국으로 돌아갔지만 그때 이후로 홀로 할아버지를 간병하시는 할머니는 내가 방문할 때마다 손수 집밥을 차려주신다.

할아버지를 처음 만난 지는 벌써 2년이 지났다. 미국에 살고 있는 자녀들이 수소문하여 국제전화를 걸어왔고, 그때 이후로 한 달에 한 번 이상 꾸준히 방문진료를 하고 있다. 처음 만났을 때 할아버지 상태는 매우 좋지 않았다. 간성혼수 (Child-Plugh Score 11)와 만성 폐쇄성 폐질환이 함께 있어서 솔직히 몇 달을 더 사실지 알 수 없는 상태였다. 그래도 방문진료를 받으신 이후 몸무게와 암모니아 수치를 엄격히 관리하였고, 응급실 방문 횟수를 연 1회 정도로 많이 줄여드렸다. 호스피스 병원을 알아보자고 말씀드린 게 벌써 1년 6개월 전인데, 지금은 가족들과 이야기도 많이 하시고 그럭저럭 집에서 잘 지내고 계신다.

"어머니. 너무너무 맛있어요. 우와!"

"차린 것도 없는데 뭐가 그렇게 맛있다구 그래."

"아니에요. 진짜 맛있어요! ^^"

염치 불구하고 매번 저녁식사를 얻어먹는 이유는 정말 맛있기 때문이다. 평소 싫어하는 반찬은 잘 안 먹는 편인데 이상하게 여기에 오면 남김없이 다 먹게 된다. 할머니가 차려주신 저녁밥에는 특별한 맛이 담겨 있기 때문이다. 단맛, 짠맛, 매운맛, 신맛, 쓴맛뿐만 아니라 기쁜 맛, 슬픈 맛, 괴로운 맛, 가슴 저린 맛이 담겨 있다. 할아버지를 돌보는 할머니의 마음이 밥숟가락 하나마다 전해져 온다. 언젠가 나는 더 이상 할머니의 집밥을 먹을 수 없게 되는 날이 오겠지? 그래서 오늘도 정성껏 차려주신 할머니의 저녁밥을 아주 맛있게 먹고 있다.

# 길 위에서 만나는
# 또 다른 나의 노후

조옥화 (인천평화의료복지사회적협동조합 방문간호사)

## : 은퇴 후 시작한 방문간호활동

사회복지관 관장을 끝으로 현직을 은퇴한 뒤 나는 적절한 일거리를 찾고 있었다. 나이가 들수록 책상머리의 관리업무보다 실제 현장에서 사람 냄새를 맡고 싶었다. 장기요양보험법상 재가장기요양기관의 면접을 보고 방문간호사 활동을 시작했다. 젊은이들이 기피하는 직종이라 비교적 취업이 쉬웠다.

내가 속한 기관은 재가장기요양사업 중 노인주간보호센터 운영을 제외한 방문요양사 및 방문간호사 파견, 차량을 이용한 방문목욕 시행, 보장구 임대 및 판매사업을 하는 비교적 큰 규모의 민간사업체였다. 현재는 방문간호의 활동지침으로 건강관리(관절구축 예방/투약관리/기초건강관리/인지훈련), 간호관리(욕창/영양/통증/배설/당뇨/호흡기/투석/구강) 등 기본적 평가항목이 명시되어 있으나 활동을 시작한 4년 전만 해도 방문간호에 대한 기본 메뉴얼이 없고 의사의 추상적인 간호지시서 외에 간호사정, 간호계획 등 방문간호사의 개인 역량에 전적으로 의존하는 실태를 알고 매우 당황했던 기억이 난다. 일상생활과 거동이 불편한 어르신들을 대상으로 보통 월 1회에서 4회까지 방문이 이루어지는데 치료보다는 증상완화나 일상생활을 위한 잔존능력 유지에 주안점을 두고 있다.

## : 대상자를 넘어 배움을 주는 인생 선배들

은퇴 후 직업생활로 소위 노(老)-노(老) 케어를 택하면서 어르신들을 단지 보호할 대상자가 아닌 머지않아 다가올 미래의 내 모습으로 유추해 보는 시간이 많아졌다. 간호하기 어려운 파킨슨 증후군을 지닌 70대 중반의 A 어르신은 우울증까지 겹쳐 매사에 흥미를 잃고, 질문에도 별 반응이 없어 대화를 이어가기조차 어려운 상대였다. 우연히 빛바랜 사진첩에서 교회 성가대원으로 노래 부르는 어르신의 모습을 발견하기 전까지는…….

방문할 때마다 어르신과 함께 우리 가곡을 부르면서 비로소 내 앞의 까탈스러울 정도로 예민하고 병약한 할머니가 활기 넘치는 젊은 시절을 간직한 빛나는 존재라는 사실을 새삼 깨닫게 되었다. 믿을 수 없을 만큼 건강을 회복한 요즈음은 방문 시마다 내 나름대로 구성한 건강박수와 관절운동 등도 함께하면서 즐거운 시간을 보내고 계시다.

올해로 103세 되신 B 어르신, 3년 전 처음 방문했을 때 장수하셨다고 주민센터에서 축하금으로 드리는 십만 원에 당신의 용돈을 더해 경로당에 떡을 돌렸다고 수줍게 자랑하시던 어르신이다. 어르신은 엉치뼈 부위에 약간의 욕창 외에 별도로 드시는 약은 없으나 고령으로 인한 전신쇠약의 문제를 갖고 계신다. 놀라운 점은 그 연세에도 가능한 한 남의 도움을 받지 않고 당신이 스스로 해결하려고 하신다는 것이다. 거의 와상상태라 자리에서 겨우 상체를 일으켜 방문 밖 요강까지 앉은뱅이 상태로 가서야 하는데도 한사코 기저귀는 안 하시려고 한다. 하루가 다르게 쇠약해지시는 와중에도 끝까지 지키고 싶은 당신만의 자존심이리라.

이외에도 7남매를 키워 출가시키고 자식들 몰래 굽은 허리로 폐지를 주워 손주들 간식비 챙기시는 보행기 할머니, 내색은 안 하지만 혹시나 북의 고향 땅을 밟아보려나 평생을 기원했던 구순의 실향민 C 할아버지, 이분은 최근 가족들의 만류에도 불구하고 오랫동안 복용해오신 혈압약과 항암제를 포함한 모든 약의 복용을 중단하기를 원하셨다. 자연스럽게 생을 마감하고 싶다는 어르신의 간절함을 외면해야 하는 나의 마음도 방문 내내 몹시 무거울 수밖에 없었다.

요즘 들어 각자 사정은 달라도 온갖 세파를 넘어 긴 세월을 겪어내신 모든 어르신을 인생의 선배로 모시고 싶다는 생각이 새삼스럽게 든다. 그래서 늙고 병들어 보호받는 나약한 존재만이 아닌 수많은 시행착오 후에 얻은 삶의 지혜와 웬만한 이해(利害)는 초월하는 노인 고유의 인자함을 닮으려고 노력 중이다.

### : 자상하고 친절한 방문간호사 되기

나도 나이가 더 들어 거동이 불편해지면 요양보호사와 방문간호사의 도움을 요청하게 될 것이다. 오래된 류마티스관절염으로 고생하시는 어르신 댁 근처 종합복지관에서 매주 2회 밑반찬과 도시락이 배달되는 것을 보면서 매 끼니를 대충 때우시는 다른 많은 홀몸 어르신들께도 확대되었으면 좋겠다는 생각을 한다. 또한 난청으로 어려움을 겪고 계신 어르신에게 정부가 지원하는 보청기를 해드리기 위해 병원과 주민센터를 5번이나 동행한 적이 있다. 당연히 시간상 정규 일정 외의 별도 시간을 내야 했다. 그러면서 보호자를 대신한 동행서비스가 제도화되는 것이 시급함을 느꼈다. 가장 어려운 점은 어르신의 건강 상태에 대해 지속적으로 의논하고 자문을 받을 수 있는 의사, 소위 주치의의 부재이다. 문제 발생 시 때때로 그동안 관계했던 평화의료사회적협동조합의 이재광 원장님께 민폐를 끼치고 있지만, 대부분의 방문간호사는 소속기관에서 의무적으로 발급받아야 하는 대상자별 간호지시서 상의 의사와는 별 관계가 없다. 오히려 여러 의료기관에서 각기 발급된 처방전으로 인해 중복·남용의 위험이 상존하는 약물관리의 부담이 가중될 뿐이다.

그 외 관절구축 예방을 위한 어르신 맞춤형 운동처방, 일상활동을 유지하기 위한 적절한 작업치료, 인지활동을 위한 다양한 교재 및 교구의 개발, 질환 및 증상에 따른 노인식단 및 메뉴의 보급 등 전문가들의 협업이 절대적으로 필요하다는 사실을 나날이 체감하고 있다. 아무리 경로사상으로 무장한 간호사라 해도 혼자의 힘으로는 역부족일 수밖에 없다. 방문간호가 팀 기반 방문의료 영역 속에서 제 역할을 다할 때 비로소 자상하고 친절한 간호사로서 자긍심을 가져도 되지 않을까 생각한다.

# 치매 할머니와
# 4명의 돌봄 제공자

오은선 (녹색병원 가정간호사)

내가 만난 돌봄 공동체를 이야기하고 싶다.

주인공은 아흔 살의 할머니로 치매 진단을 받고 점점 쇠약해지다 어느 날부터 의사소통은 안 되고 비위관과 소변줄을 꽂고 누워서 다른 이들의 찐한 돌봄을 받으며 삶을 유지하고 있다.

첫째 돌봄 제공자인 할머니 딸의 나이는 잘 모르겠지만 누가 보아도 회갑은 충분히 넘은 모습이다. 자세한 이야기는 나눠보지 못했지만, 그녀 역시 종합병원(?)처럼 보인다. 주인공 침대 옆에 간이침대를 만들어 놓은 그녀는 엄마를 돌보느라 늘 잠이 부족하여 최근 몇 달은 내가 방문할 때마다 깊이 잠들어 있다. 잠들어 있지 않을 땐 몹시 휘어 있는 등을 겨우 펴서 움직이며 엄마가 아기를 돌보듯 늙은 딸이 더 늙은 엄마를 정성껏 돌본다. 그 모습이 존경스럽다.

둘째와 셋째 돌봄 제공자는 할머니를 돌보는 요양보호사와 가정간호사이다. 몹시 완벽(?)한 할머니의 딸 덕분에 요양보호사는 누구보다 꼼꼼하게 할머니의 얼굴을 씻기고 팔다리를 닦고 체위 변경을 한다. 삼복에 땀을 뻘뻘 흘리며 할머니를 돌보는 분이다. 딸은 작년 여름에 엄마가 감기에 걸릴 것이 걱정스러워 집에서 선풍기도 틀지 않았던 것으로 기억한다. 이런 조건이라면 요양보호사는 사직할 것으로 예측했지만, 그분은 할머니 돌보는 일을 계속 이어갔다. 몇 분의 훌륭한 요양보호사들을 만난 후, 이 일은 돈 때문에 할 수 없는 일이라는 사실을 알게 되었다. 존경스러운 분들이다. 할머니가 VRE 양성이었기에 비닐 가운을 입고 첫 방문을 했었다. 더위를 타지 않는 나였지만 비닐 옷을 입고 이런저런 간호행위를 하는 동안 땀이 줄줄 났다.

가정간호사는 딸에게 조언했다. 더운 날 이렇게 하고 계시면 엄마에게도 좋지 않을 일이고 엄마를 돌보는 다른 사람들이 다 지친다, 환기도 시키고 집을 시원하게 하면 좋겠다는 조언을 했지만, 가끔 방문하는 나의 조언은 통하지 않았다. 아무튼, 할머니를 방문하고 두 번의 여름이 지났다. 이제 할머니 집에 갈 때 비닐 가운을 입지 않는다. 그나마 다행이다.

마지막 돌봄 제공자는 할머니의 딸을 돕는 활동지원사이다. 그녀는 이곳에 오면 집안일을 한다. 음식을 만들고 청소를 하고⋯⋯. 이분의 역할도 참 중요하다. 만약에 이분의 도움이 없었다면, 할머니를 돌보는 일만으로 충분히 지친 딸은 제대로 영양을 갖춘 식사를 하기가 쉽지는 않았을 것이다. 그날 딸의 반찬을 슬쩍 보니 인스턴트로 가득한 나의 초라한 냉장고보다 훨씬 아름다웠다. 순간 이런 생각이 들었다. 우리나라 진짜 좋은 나라네.

코로나 시기에 다섯 여자가 우연히 한자리에 모였다. 우리에게 돌봄의 기회를 제공해 준 주인공을 비롯하여 네 명의 돌봄 제공자들은 맡은 역할을 바지런히 했다. 비위관과 소변줄을 교체하고 할머니 체위를 변경하고 깨끗이 닦아주고 반찬을 만들었다. 겹친 시간은 짧았지만 좁은 원룸 공간에 여자 다섯이 꽉 차 있었다. 이제 우리가 한자리에 모일 일은 없다. 왜냐면 할머니가 다른 딸 집으로 이사를 한다. 한 명의 딸이 독박 돌봄을 하지 않고 교대로 돌보는 것을 보니 가족 내 지지가 좋은 것으로 생각된다.

방문을 다니기 시작한 후, 거리의 집들을 바라보며 이런 생각이 든다. 혹시 저 집 안에도 누군가 아파서 누워 있을까? 그럴지라도 아무도 모르겠지? 공간이 주는 힘에 관한 생각도 하게 됐다. 집이라는 공간의 주도권(?)은 의료인이 아닌 환자와 가족에게 있다. 이 부분이 참 멋지다. 병원에서는 의료인이 힘이 더 센데, 집에서는 가족이나 요양보호사들이 간호사보다 훨씬 힘이 세다. 돈의 힘에 관한 생각도 하게 됐다. 형편이 넉넉한 집에서는 입주 요양보호사가 환자를 돌보는 일을 주로 하기에 그나마 가족들은 여러 모로 나아 보인다. 집에서 입주 도우미와 함께 노모를 돌보는 지인이 이런 말을 했다. 집에서 아픈 가족을 돌보기 위해서는 최소 3명이 필요하다. 돈 (많이) 버는 사람, 입주하여 돌보는 일을 전문적으로 하는 사람, 그리고 가족. 그 말에 나도 동의하고 모두가 그런 환경이었으면 좋겠다고 생각한다. 그런데 현실은 그렇지 않다. 한 선배의 얼굴이 떠올랐다. 어쩔 수 없이 치매에 걸린 가족을 요양원에 입원시키고 오는 길 내내 울었다는 이야기를 하면서 또 눈물을 보이던 선배의 얼굴……

어떻게 하면 모두가 충분한 돌봄을 받을 수 있을까? 가족만이 돌봄의 답이 될 수 있을까? 지역사회에서 돌봄 공동체를 만들어가는 일이 필요하겠지?

아무튼, 삶은 크고 작은 여러 가지 돌봄으로 이루어져 있다고 말하고 싶다. 끝으로 가정간호를 하면서 느낀 점을 나누고 싶다.

.

.

.

비위관 삽입을 거부하는 환자에게 비위관을 꽂는 일을 할 때

언제나 마음이 힘들다.

요양원 다인실에서 가족도 없이 죽음을 맞이한 환자의 이야기를 들을 때

언제나 속상하다.

거리가 멀어서 방문할 수 없다는 이야기를 할 때

언제나 안타깝다.

환자를 돈으로 생각하는 요양원 관리자를 볼 때면

언제나 분노가 치민다.

집에서 아픈 가족을 오랜 기간 정성껏 돌보는 보호자를 만날 때

언제나 존경스러움을 느낀다.

환자를 진심으로 대하는 돌봄 제공자를 만날 때

언제나 희망을 본다.

집에서 무사히(?) 삶을 마친 환자의 이야기를 들을 때

언제나 다행스러움을 느낀다.

# 방문의료가 준
# 행복한 임종

민앵 (한국의료복지사회적협동조합연합회 상임이사)

## : 에미야, 어떡하면 좋으냐

2021년 3월 14일 강화도는 역시 진리다. 맛있고 아름답고 바다가 있고 무엇보다 서울에서 가깝고……. 점심을 먹고 어딜 더 둘러보나 하고 있는데 시어머님한테서 전화가 왔다.

"에미야 어쩌면 좋으냐, 니 아버지가 사흘째 하나도 못 잡숫고 계시다."

"식사량이 얼마나 되는데요? 물은 얼마나 드셔요? 컵으로 몇 컵요?"

"다 해봐야 두 컵 정도 안 될 것 같아."

"왜 이제야 말씀하세요."라는 소리가 입 밖으로 나올 뻔했다. 자식들 피해 안 주고 사시려고 무던히 애쓰시는 분들이다.

급히 발길을 돌려 시댁으로 달려간다. 아버님은 이미 기력이 없음을 넘어 눈 밑이 검고 쉰 목소리다.

"배고파. 아이구 힘들어. 병원 데려다줘. 이렇게는 못 살아."

"어머니, 아버님이 병원에 가자고 하시는데 정말 원하시는 건가요?"

"아니야, 힘드니까 그러시지 병원 안 가고 집에서 세상 떠나고 싶다고 늘 말씀하셨어. 그런데 이렇게 못 드시니까 병원에를 가야 하나, 코로나 때문에 들어가서서 얼굴도 못 보고 세상 뜨시면 어떡하냐. 가서 볼 수라도 있으면 그러겠는데……. 그래서 가만히 생각해 보니 살림의료사협에 방문의료 있다고 했지 않니? 연락 좀 안 되겠니?"

(오올! 살림의료사협 초창기 멤버, 역시 다르십니다.)

"네, 해볼게요. 그런데 의사 선생님이 언제 오실 수 있을지 저도 잘 몰라요. 일정도 있으실 테고요. 오늘이 일요일이니까 내일 아침 일찍 해볼게요."

마음 같아서는 당장 연락하고 싶지만 그럴 수는 없다.

: 혹시 몰라서 메모를 해두었어요

솔직히 기대도 안 했다. 이번 주 안에만 오서도 좋은데…….

우리 동네는 방문의료 오시는 범위 안에 들어있는가, 어른들 보시기에 내가 맨날 의료사협 활동한다고 설치고 다녔는데 못 오신다고 하면 면도 안 서고…… 마음이 복잡했다. 에라 모르겠다. 재가복지센터장님한테 연락해 본다.

"우리 시아버님이 탈수(수분 섭취 하루 300cc)라 방문의료를 신청하려면 어떻게 해야 하나요? 허약으로 일어나지 못하십니다."

"오늘 가실 수 있다고 합니다. 2시에서 2시 반 사이에 출발합니다. 주소 부탁드려요."

"헐…… 감사해요."

월요일, 퇴근 시간이다. 방문진료를 받으신 후의 상태가 궁금하여 시댁으로 갔다. 아버님의 얼굴에 화색이 돈다. 어제와는 사뭇 다르다. 애들 고모는 "참 약이 좋기는 좋은가 봐. 아빠가 완전 달라지셨는데, 이렇게나 차이가 나?" 내가 시댁에 도착할 즈음 막내도 전철역에 다 도착했다고 한다. 누가 오라고도 안 했건만 왠지 가야 할 것 같았다고 인천에서 올라온 것이다. 오옷, 그렇다면 손자도 오라고 해야지. 시누이까지 오랜만에 가족이 다 모였다. 아버님도 즐거워하시고 그간 드셨던 약들을 다 꺼내어 놓고 나에게 봐 달라고 하신다. 어머님은 얼마나 고맙던지를 연발하시면서 안도의 한숨과 함께 기뻐하신다.

"의사 선생님이 메모를 두고 가셨어. 내일 병원에 가면 의사 선생님한테 이걸 내라고 하시더라."

의사 선생님한테 나중에 들으니 바로 돌아가실지도 모르겠다 싶을 때는 메모를 써서 환자의 위중함을 기록하여 오해가 없도록 한다고 하셨다. 내가 기억하는 메모지의 내용은 '환자의 상태가 위중하니 혹시 병원에 가지 못할 시에는 방문의료를 할 수 있도록 해달라'는 것이었다. 감사 ㅠㅠ

## : 행복한 임종

화요일, 아버님께서 다니시던 병원의 의사 선생님은 호스피스 병동에 모시자고 했다. 그전에는 호스피스 병동도 가네 마네 했었는데 막상 이런 상황이 되니 이견이 있을 수 없다. 수요일 병원 가는 택시 안에는 애 아빠가 앞에 타고 뒷자석에 어머님, 아버님이 타셨다. 애 아빠가 2층에서 아버님을 업고 계단을 내려왔다.

"내가 언제 아버지를 업어 보겠어. 업어 보니 몸이 너무 가볍더라구. 그런데 병원 응급실에 도착할 때쯤 어머니가, 아버지가 이상하다는 거야. 아니, 그런데 아버지가 어머니 어깨에 기대고 잠드시듯 이미 돌아가셨더라구. 응급실에 가니까 이미 돌아가셨다고 하고 바로 장례식장 연락해서 일사천리로 일이 진행됐어. 한시도 떨어지고 싶어 하지 않던 아내의 어깨에 기대어 편안하게 돌아가셨으니 아버지는 참 복받은 분이다 싶더라구. 자식들 편하게 해주시려고 이렇게 병원 가시다가 돌아가셨나 싶고……."

향년 87세, 아버님은 3월 17일 수요일에 세상을 떠나셨다. 폐암 진단받으신 지 5년, 죽 드시면서 대소변 어렵게 처리하신 지 일주일, 죽도 못 드신 지 3일, 방문의료로 영양제를 맞고 화색이 돌던 3일간 우연히 가족들이 한자리에 모여 맥주도 마시고 덕담도 하고, 아버님은 손주들까지 다 보시고 떠나셨다. 그렇게나 깔끔하고 그렇게나 식사를 잘 하시던 분, 솔선수범이 몸에 배어 있는 분, 폐암이었어도 가능할 때까지 탁구 치러 다니셨던 분…. 워낙 어머님 외의 다른 사람의 수발을 받는 것은 상상하기 어려웠고, 그래서 시설에 들어가시는 것을 한사코 싫다고 하셨다. 어머님이 무릎이 안 좋으니 아버님 쇠약하신 동안 병 수발에 어려움을 많이 겪으셨다.

나는 1990년 12월에 결혼해서 1992년부터 대가족으로 같이 살았다. 애들 셋 낳고 시누이까지 8식구가 17년을 같이 살다 분가했다. 늘 우리 며느리, 우리 며느리 그렇게 불러 주셨지. 방문진료는 자식이 할 수 있는 마지막 효도선물이었고, 쇠락해 가던 얼굴에 화색이 돌게 한 마법의 약이었다. 가족을 한자리에 불러 준 신호였고, 병원에 가서 상담할 때까지 조급하지 않게 판단할 여유를 주었고, 119를 불러 곤경에 처하지 않도록 배려해 주었다. 살림의료사협을 함께 만든 조합원이라는 것이 너무도 자랑스러운 시간이었다. 이러한 죽음의 과정을 경험했다는 점에서 나 역시 복이 많은 사람인가 보다. 병원에서 돌아가신 친정아버지께 죄송하다.

'아버지, 그때는 방문의료가 없었어요. 죄송해요.'

4일간의 여정을 글로 쓰고 보니 그저 평범할 수도 있겠다. 그러나 병원 중환자실에서의 임종이 대다수인 오늘날, 이 평범하고 평화로운 인생의 마무리가 우리가 꿈꾸는 존엄한 마지막이 아닐까? 이 평범한 죽음이 방문의료 없이 가능할까?

# 삶의 시작과 끝,
# 의료의 영역

정혜진 (우리동네30분의원 의사)

"코로나19 때문에 요양원, 요양병원 면회는 어려워지고, 이러다가는 돌아가시기 전에 한 번도 못 뵐지도 모르겠다는 생각 때문에 집으로 모시고 왔어요. 그런데 이럴 땐 막상 어떻게 해야 할지를 모르겠네요."

방문진료를 요청하는 목적은 다양하다. 거동이 불편한 환자의 만성질환을 관리하기 위한 정기적인 방문도 있지만 예정되어 있지 않았던 방문을 하게 되기도 하는데, 최근 위와 같은 연락을 종종 받곤 한다. 요양원이나 요양병원에서 집으로 모실 때엔 얼마 남지 않은 것 같은 마지막 순간을 편안한 환경에서 가족들과 함께하기 위해서인데 막상 모시고 오면 그 시간들이 평온하지만은 않다. 예상치 못한 증상들이 수시로 생기고 그때마다 병원에 다시 모시고 가야 할지 말아야 할지를 가족들끼리 상의하는 것도 만만치 않은 일이다.

의료서비스는 환자를 치료하는 방향으로 작동한다. 환자가 임종을 맞이하는 마지막 순간까지도 의료서비스의 방향은 일관적이다. 더 이상의 적극적인 치료를 하지 않기로 결정하고 나면 그 이후의 시간은 환자와 가족들의 몫이 되어버린다. 방문진료를 통해 마주한 임종을 기다리는 시간은 환자에게도, 그 가족들에게도 매우 혼란스럽다.

소위 의료의 사각지대라고 하면 대상자군이나 특정 질환의 관점에서 생각하곤 했는데, 방문진료를 하면서 우리의 삶의 마지막 순간이 의료의 사각지대가 아닐까 하는 생각이 들었다. 누구나 언젠가는 맞이하게 되는 죽음의 순간에 의료는 과연 어떤 역할을 하고 있는가에 대해 고민해보게 되었다. 호스피스 완화의료를 제공하는 기관도 점점 늘어나고 연명치료 중단 의사결정제도가 생기는 등, 임종을 맞이하는 과정을 달리하기 위한 변화가 이루어지고 있지만 여전히 많은 사람들은 삶의 마지막 순간에 원치 않는 의료적인 처치를 받고 있거나 의료의 영역 밖에서 불안감과 혼란 속에서 그 순간을 맞이한다.

방문진료는 어쩌면 환자와 가족들의 옆에서 그들의 삶의 마지막 순간에 대한 가이드 역할을 해줄 수 있는 가장 적절한 형태의 의료서비스가 아닐까 생각한다. 방문진료에 참여하는 의료인들이 점차 늘어나고 방문진료의 사례와 연구들이 계속 쌓여서 의료서비스의 방향은 넓어지고 삶의 시작부터 끝까지 의료로부터 소외되는 순간이 없게 되기를 바란다.

# 방문의료에
# 유용한 현장실무

# 방문진료가 필요한 우리 동네 고립된 환자 찾기

**김종희** (원주의료복지사회적협동조합 밝음의원 의사)

집으로 찾아가는 '일차의료 방문진료 시범사업'이 시작된 지 2년이 지났다. 거동이 불편하여 의원에 내원하지 못하는 환자에게는 방문진료가 절실하지만, 많은 환자와 가족들이 모르고 있다. 방문진료를 하겠다고 마음먹은 의사는 방문진료가 필요한 고립된 환자를 찾기가 쉽지 않다. 의사는 진료실에만 있어 왔기 때문이다. 환자와 의사 모두에게 방문진료는 아직 낯설다. 낯섦에 뒷걸음치기 전에 몇 가지 시도해 볼 방법들을 소개해 본다.

## 1) 대리처방 환자와 정기적인 '방문진료 주치의' 관계 맺기

대리처방 받으러 온 가족이나 돌봄 종사자에게 '일차의료 방문진료 시범사업'을 소개한다. 노쇠하여 더 이상 외출할 기력이 없어지거나, 큰 수술을 하고 나서 집 밖으로 나가기 어려워진 노인들이 많다. 이런 분들이 '방문진료'를 이용하여 집에서 대면진료를 받고, 가족이나 돌봄 종사자들이 대리처방 받아온 약을 복용하면 된다.

방문진료 의사는 환자의 집으로 찾아가서 환자의 건강상태를 살피고 주요 증상과 병력을 문진한다. 약물 오남용이 있는지 모든 약통과 처방전을 정리하고, 혈액검사도 한다. 병원에 돌아와서는 방문진료와 검사 결과에 기초해 안전한 대리처방을 이어간다. 환자 건강상태에 따라 1~3개월마다 찾아가는 정기적인 방문진료 주치의 관계를 맺어간다.

## 2) 장애인건강주치의 방문진료, 방문간호

지역사회 장애인단체들에게 중증장애인이면 '장애인건강주치의'에 등록하여 방문진료, 방문간호, 전화상담, 만성질환 무료 검진 바우처 서비스를 이용할 수 있다고 안내한다. 코로나 시기에는 장애인주치의 활동을 위한 의사·간호사 교육을 온라인으로 받고, 장애인주치의 기관 등록하여 서비스를 제공할 수 있다.

'장애인 건강주치의'에 등록하면 방문진료와 방문간호를 통합하여 매년 18회까지 이용할 수 있다. 격주나 1달마다 도뇨관과 비위관을 교체하기 위해 힘겹게 병원에 가야만 했었지만, 집에서도 동일한 의료서비스를 받을 수 있게 된 것이다. 특별한 의료처치가 필요하지 않아도, 내원이 어려운 중증장애인은 집에서 당뇨, 고혈압 등 만성질환 관리를 잘할 수 있도록 방문의료 서비스를 신청하고 무료 검진 바우처를 제공받을 수 있다.

---

### 방문진료 이용자의 목소리 ①

"직장에서 소변줄 교체 받을 수 있나요? 격주마다 근무시간을 비우고 병원에 가기 쉽지 않아요."
어느 척수장애인은 전동휠체어와 장애인활동지원사의 도움으로 직장생활을 하고 있는데, 소변줄 도뇨관 교체를 위해 휴가를 내야 하는 어려움을 호소한다. 마침 장애인 건강주치의에 등록하면, 병원에 가지 않고 직장에서 방문의료서비스를 이용하여 해결할 수 있다는 기대를 품었다. 하지만 장애인 건강주치의 제도는 방문진료와 방문간호 활동을 '집'에서만 가능하도록 규정하고 있어서 이용이 불가능한 상황이다. 현재 장애인 건강주치의 제도하에서, 직장에 다니는 장애인은 아침 9시 이전과 저녁 6시 이후에 방문의료가 가능한 기관을 찾아야 하는 것이다. 이러한 제도설계는 결국 '장애인은 집에 있으라'는 무언의 말과 같다. 탈시설 등 중증장애인의 사회활동을 활성화시키는 건강정책에 발맞추어, 방문의료활동의 공간도 '집'이 아니라 직장, 주간보호센터, 그룹홈, 야학 등 '생활터'로 재정의되어야 한다. 장애인 건강주치의제도의 개선이 시급하다.

### 3) 노인장기요양보험 의사소견서, 방문간호지시서 작성을 위한 방문진료

지역의 재가장기요양기관들에게 거동이 불편한 환자의 집으로 찾아가 '의사소견서'와 '방문간호지시서'를 작성할 수 있다고 홍보한다. 일상생활을 스스로 영위하기 힘든 65세 이상의 노인이나 65세 이하 뇌졸중, 파킨슨 질환을 가진 환자는 장기요양서비스를 신청할 때 '의사소견서'가 필요하다. 장기요양서비스 중 방문간호를 이용하려면 180일마다 의사의 '방문간호지시서'를 발급받아야 한다.

거동이 불편하여 의원을 찾아가기 힘든 환자들이 무수히 많다. 이런 환자들에게 '일차의료 방문진료 시범사업'의 방문진료를 신청하면, 의사가 집으로 찾아가 소견서를 작성할 수 있다. 의사가 환자 집으로 가서 혈액검사, 진찰, 상담, 통합적 약물정리 등의 방문진료를 시행하면서 의사소견서, 방문간호지시서를 작성한다.

## 방문진료 이용자의 목소리 ②

"저희 어머니는 와상 상태여서 병원에 갈 수가 없어요. 의사소견서를 집에서 발급받을 방법이 없을까요?"
보건복지부는 2018년 '어르신이 살던 곳에서 건강한 노후를 보낼 수 있는' 지역사회통합 커뮤니티케어 정책을 제시하였지만, 돌봄 현장에서는 의사소견서 하나 발급받는 것조차 커다란 장벽이다. 국민건강보험공단에서 발송하는 노인장기요양보험 홍보책자에 방문진료가 가능한 의료기관 목록과 함께 '거동이 불편한 경우 방문진료를 이용'하여 집에서 진료 보며 의사소견서를 작성할 수 있다는 안내자료가 항상 포함되면 좋겠다. 가장 쉽게 '어르신이 살던 곳에서 건강한 노후를 보낼 수 있는' 지역사회 의료와 요양의 통합활동이다. 하지만 2021년 말 현재 노인장기요양보험 관련 국민건강보험공단의 안내 우편물에 '일차의료 방문진료 시범사업'을 적극적으로 소개하고 있지는 않다.

## 4) 90일마다 가정간호의뢰서 작성을 위한 방문의료

가정간호센터를 운영하는 의원에서는 재가환자의 가정간호 서비스를 시행하기 전에 대면진료를 하고 '가정간호의뢰서'를 작성하여야 한다. 가정간호의뢰서는 90일간 유효하다. 90일마다 가정간호서비스를 요청하는 환자의 집으로 방문진료를 가서, 통합적인 진료를 수행하고 적절한 가정간호서비스를 재구성해서 이어가도록 한다.

## 5) 퇴원 후 지역사회로 환자 복귀를 돕는 방문의료

종합병원에서 급성기 치료를 마치고 퇴원을 준비하는 환자들에게 집으로 찾아가는 방문진료, 방문간호, 가정간호서비스가 연계된다면, 환자는 안심하고 퇴원할 가능성이 높다.

하지만 가정간호사업소를 운영하는 몇몇 대학병원을 제외하면, 퇴원 후 환자 관리를 가정에서 이어갈 방법이 마땅치 않다. 가정간호사업소를 운영하는 1차의료기관에서는 지역의 종합병원과 협력하여 '퇴원 후 지역사회로의 환자복귀'를 돕는 방안을 확대해 갈 수 있다.

'집에서 방문의료서비스를 받을 수 있다면 요양병원에서 퇴원하고 싶다'며 인터넷을 검색하여 방문진료를 요청해 온 환자가 있다. 그는 큰 수술을 마치고 집으로 퇴원하는 것이 두려워 장기간 요양병원 생활을 하면서 심신이 지쳐갔다고 한다. 지역사회의 평범한 일상으로 복귀하지 못하고 요양병원에 의존하는 삶에 지쳐가는 사람들이 적지 않다.

## 6) 지역사회 방문진료 홍보하기

지역에 대해 조금씩 알아가는 만큼 방문진료가 필요한 고립된 환자들과의 만남을 넓혀갈 수 있다. 아래 몇 가지 홍보 방안을 소개한다.

- 지역 장애인단체, 종합사회복지관, 시청과 주민자치센터의 사회복지 담당자, 의료기상사에 방문의료를 홍보한다.
- 장애활동지원사 중개기관의 월례모임에 장애인 건강주치의를 소개한다.
- 지역신문에 '왕진일기' 글쓰기 연재를 시작한다.

# 방문의료 가방 세팅과
# 서류 챙기기

정혜진 (우리동네30분의원 의사)

## 1) 방문의료 가방 세팅

처음 방문의료 요청을 받고 방문 약속을 잡고 나서 뭘 챙겨가야 할지 고민이 되었다. 늘 사용하던 백팩 하나를 비워 혈압계, 혈당계, 청진기, 펜라이트, 설압자 등 진료실 책상 위에 있는 것들을 주섬주섬 챙겨 넣어서 갔는데, 한 집 한 집 방문이 거듭되면서 가방 속 내용물도 하나둘 더해지고 그 물건들을 담기 적합한 가방도 하나 장만하게 되었다. 나만의 왕진 가방 모양이 갖추어지는 데에 3개월 정도의 시간이 걸렸는데, 모든 의사들의 왕진 가방이 다 똑같은 구성일 수는 없다. 다음의 내용을 기초 삼아 방문의료 팀의 구성, 방문의 형태, 주로 행하는 진료의 특성에 따라 각자의 팀에 맞게 커스텀해 나가야 한다.

| | | |
|---|---|---|
| **진찰용품** | 청진기 | |
| | 이경 | |
| | 펜라이트 | |
| **측정기** | 혈압계 | 여분의 건전지를 항상 준비해둔다. |
| | 혈당계 | 란셋과 혈당 시험지가 떨어지지 않도록 정기적으로 채워 둔다. 겨울철 추운 곳에 왕진가방을 오래 두면 혈당계가 작동을 안 하기도 하는데 따듯하게 해주면 다시 작동한다. |
| | 산소포화도 측정기 | 호흡곤란이 있을 경우 환자의 상황을 파악하는 데 도움이 되기도 하지만, 수치를 산소처방이 가능한 전문의에게 전달하면 처방에 도움이 된다. |
| | 줄자 | 체중을 못 재는 경우 복부둘레로 측정한다. |
| | 체온계 | |
| **소모품** | 알코올 솜 | 개별포장된 것도 좋지만 200매들이가 유용하다. 수액처치 후 카테터 제거를 보호자가 해야 하는 경우 개별포장된 알코올 솜을 제공해 줄 때가 있어 개별포장도 함께 가지고 다닌다. |
| | 소독볼 | 포비돈 스왑을 사용해도 좋지만 다른 소독액을 사용하는 경우도 있어서 4~5개씩 소포장해서 가지고 다닌다. |
| | 소독액 | 베타딘, 과산화수소 등 소포장된 것 사용, 베타딘도 100cc 짜리가 있다. |
| | 드레싱 세트 | 1회용 드레싱 세트 |
| | EB, 코반 | 주로 사용하는 것을 준비 |
| | 각종 반창고 | 드레싱, 수액처치 등에 사용 |
| | 거즈 | 사이즈별로 개별 포장된 것 |
| | 면봉 | 연고 적용할 때 등 가끔 필요하다. |
| | 각종 밴드 | 메디폼, 듀오덤 등 습윤밴드 및 밴드에이드, 주사부위 롤반창고 등 |

| | 설압자 | |
|---|---|---|
| **소모품** | 젤리 | F-cath. 유치나 교환 시 필요 |
| | 주사기 | 사이즈별 시린지, 관장용 주사기(L-tube 시 필요) |
| | 안지오 카테터 | 주로 사용하는 사이즈로 여러 개 준비 |
| | 수액 세트 | 파손 가능성 생각해서 여러 개 준비 |
| | 생리식염수 | 20cc 짜리 주사용수를 다양하게 사용 |
| | 멸균 장갑 | 폴리글러브를 주로 사용 |
| | 샘플 보틀 | 혈액, 소변 검사용 보틀 |
| | 메스날 | 간혹 상처 꿰맨 후 발사(suture removal)를 위해 병원에 못 가는 경우 방문해서 발사해드릴 때 사용 |
| | 각종 카테터 | L-tube, F-cath, urine bag 등 교환이 예정되어 있는 경우도 있지만 예상에 없이 사용하게 되는 경우가 있어 1개씩 여유롭게 준비 |
| **의약품** | 주사류 | 수액에 섞거나 단독으로 사용할 각종 주사제, 진료 범위에 따라 유연하게 구비한다. |
| | 연고류 | 드레싱에 필요한 연고류, 주로 처방하는데 당장 드레싱에 필요할 때가 있어서 기본적인 것들은 구비한다. |
| | 수액류 | N/S, 5DW를 기본으로 선생님들 판단에 따라 구비한다. |
| **기타** | 가위 | |
| | 토니켓 | |
| | 발톱 전용 니퍼 | 발톱 관리가 안 되는 분들이 많아 필요할 때가 있다. |
| | 스테이플 리무버 | 상처를 스테이플로 봉합 후 병원에 가기 어려운 경우 스테이플 제거 시 필요, 전체가 스테인리스로 되어 있는 제품이 소독 후 재사용이 가능하다. |
| | 아이스박스, 얼음팩 | 샘플이 있는 경우 보관해서 가져올 때 쓴다. 아이스크림 포장 용기와 작은 얼음팩을 주로 사용한다. |

| 접착식 벽걸이, 고리 | 수액을 걸 곳을 도저히 찾기 어려운 집에서는 벽장이나 에어컨 등에 작은 벽걸이를 부착해서 수액을 걸기도 한다. |
| --- | --- |

- 소모품, 의약품의 경우 방문진료를 마치고 돌아와서 쓴 만큼 채워 두는 것을 습관화해야 현장에서 물품이 없어 당황하는 일이 없다.
- 수액은 무게가 꽤 나가기 때문에 종류별로 다 구비해서 다니기는 쉽지 않다. 날씨가 괜찮다면 차에 미리 둬도 되지만 여름이나 겨울에는 그것도 어렵기 때문에 환자를 미리 파악해서 필요한 수량 +a 정도로 준비한다.
- 소모품, 의약품류는 유효기간을 잘 확인하도록 한다.
- 왕진 가방은 취향에 맞게 선택하면 되는데, 필자가 들고 다니는 것은 무인양품에서 여행 가방으로 나오는 제품으로 포켓이 많고 가방입구 테두리가 단단해서 열어 두거나 가지고 다니기 안정적이다.
- 가방 안에 포켓을 활용해도 워낙 작은 부피의 소모품이 많기 때문에 그런 경우엔 형태가 잡혀 있는 파우치를 사용하면 좋다. 형태가 자유로운 주머니 파우치는 정돈이 어렵다.

샘플을 가져올 때 작은 아이스박스를 사용하는데, 위 사진에 있는 것은 아이스크림 포장 용기이다. 샘플을 넣고 토니켓으로 조여 주면 밀봉이 간단하다.

왕진 가방은 취향에 맞게 고르면 되지만 포켓이 많고 형태가 단단한 것이 좋다. 작은 소모품이 많아 포켓 외에도 파우치들을 활용한다.

## 2) 방문의료 서류 준비

진료실에서는 대부분 전자 차트를 사용하다 보니 종이 서류를 작성하는 것이 낯설고 번거롭지만 방문 현장에서 사용할 수 있는 전산 시스템이 없다 보니 현장에서 진료 내용을 메모하는 도구도 별도로 필요하고 사업에 필요한 다양한 서류 양식도 항상 가지고 다녀야 한다.

방문의 형태에 따라 준비해야 할 서류의 종류가 달라지다 보니 스케줄을 미리 확인하고 서류를 준비한다 하더라도 막상 현장에서 필요한 서류가 없어 당황하거나 서류 때문에 재방문해야 하는 경우가 발생한다. 그래서 방문의료에 필요한 모든 서류를 일정 매수 이상 미리 출력해 두고 한꺼번에 들고 다니면서 그때그때 꺼내어 쓰는 것이 편리하다.

각종 방문의료 관련 사업은 정기적으로 혹은 비정기적으로 사업 개편이 이루어지는데 그 과정에서 필요한 서류가 변경되기도 한다. 아래 내용을 참고하여 개편 때마다 업데이트해 주어야 한다.

### 각종 동의서 및 신청서

① 장애인 건강주치의 시범사업, 일차의료 방문진료 시범사업, 가정간호 모두 각자의 동의서 양식을 가진다. 각 사업 참여 신청과 개인정보 수집에 대한 동의서로 본인이나 보호자 사인

을 받아야 하는데, 현장에서 동의서나 신청서가 없을 때 재방문해서 받아야 하는 경우가 생긴다.

### 시스템에 입력할 내용이 담긴 서류

① 장애인 건강주치의 포괄평가 및 계획수립 : 장애인 건강주치의 시범사업은 첫 등록 시, 그리고 정기적으로 포괄평가 및 계획수립을 하도록 되어 있는데 시스템에 입력할 내용이 워낙 많다 보니 미리 출력해서 가져가야 현장에서 빠지지 않고 체크할 수 있다.

② 방문 점검 서식 : 장애인 건강주치의, 일차의료 방문진료 시범사업 모두 방문 점검 서식이 있다. 매번 방문진료를 다녀온 뒤에 HIRA 시스템에 입력해야 하는 내용들이 포함되어 있는데, 반복적으로 방문하는 집의 경우 매번 작성하는 것이 번거롭기도 해서 각자의 진료 방식에 맞게 만들어서 사용하기도 한다.

### 기타

① 대리처방 확인서 : 진료 이후에 처방전이 나갈 때 보호자가 처방전을 수령하게 되는데, 이때 대리처방 확인서를 미리 받아 두어야 한다. 2020년 2월 이후로는 대리처방에 대한 요건이 강화되어서 관련 서류들을 잘 받아 보관해 두어야 한다.

② 검사지 및 의뢰서 : 현장에서 검사를 진행할 경우 필요하다. 인지기능 검사를 위한 CIST/k-MMSE, GDS 등의 서식을 미리 준비해둔다. 혈액이나 소변검사를 할 때에도 진료 후에 의원에 돌아와 전산에 입력하면서 의뢰서를 작성하기도 하지만 현장에서 미리 적어 오지 않으면 잊는 경우도 있기 때문에 가지고 다니면 좋다.

③ 방문간호/가정간호 지시서 : 방문간호, 가정간호 개시 전에 의사의 지시서가 필요하다.

**환자 개인 차트**

방문의료 팀 구성이나 진료 방식에 따라 다를 수 있는데 필자는 의사 혼자 방문을 다니는 구조이다. 반복적으로 방문하게 되는 환자의 경우 전자 차트를 가지고 다닐 수 없기 때문에 환자 개인 차트를 만들어서 가지고 다닌다.

[ 구비할 서식의 종류 ]

| 사업의 종류 | 서식 | 비고 |
|---|---|---|
| 장애인 건강주치의 시범사업 | 장애인 건강주치의 시범사업 참여를 위한 개인정보 수집, 이용 및 제3자 제공 동의서 | 첫 방문 시 작성 |
| | 포괄평가/중간점검, 종합계획 | 첫 방문 시 작성 후 1년마다 작성 |
| | 장애인 건강주치의 이용사실 통지서 | 첫 방문 시 작성 |
| | 장애인 건강주치의 방문점검 서식 | 첫 방문 시 작성 |
| | 주치의 방문진료 기록지 | 방문 시마다 작성 |

| 일차의료 방문진료 수가 시범사업 | 일차의료 방문진료 수가 시범사업 참여 및 개인정보 수집, 이용, 제공 동의서 | 첫 방문 시 작성 |
|---|---|---|
| | 왕진 점검서식 | 방문 시마다 작성 |
| 방문간호 | 방문간호 지시서-노인장기요양보험용 | 6개월에 1번 작성 |
| | 방문간호 지시서-장애인용 | 1년에 1번 작성 |
| 가정간호 | 가정간호 동의서 | 처음 개시할 때 작성 |
| | 가정간호 의뢰서 | 처음 개시할 때 작성 후 90일마다 갱신 |
| 기타 | 대리처방 확인서 | 첫 대리처방 시 작성 |
| | 검사 의뢰서 | 혈액, 소변검사 등을 진행할 때 필요 |
| | k-MMSE, GDS, CIST 등 검사지 | 검사 필요시 |

## [ 서류 준비의 예 ]

| | |
|---|---|
|  | 맨 앞은 각종 서류를 담은 케이스, 뒤는 개인 차트이다. |
| 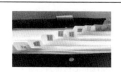 | 필요한 서류를 그때그때 준비하기엔 복잡하기 때문에 늘 일정 매수 출력해 둔 케이스를 가지고 다니는 것이 편하다. |
|  | 반복적으로 방문하는 환자의 개인 차트인데 왼쪽에는 환자에 대한 종합적인 정보와 방문 내역을 한눈에 볼 수 있는 페이지를, 오른쪽에는 방문 당일 진료 관련 내용을 적는다. 진료 후 HIRA에 입력해야 할 내용들이 다 포함되어 있으면서 진료 내용도 메모할 수 있고, 매번 반복되는 내용은 적지 않아도 되도록 필자가 재구성해서 만든 것이다. |

# 방문의료
# 스케줄링

김창오 (건강의집의원 의사)

　외래진료와 방문진료의 가장 큰 차이점 중 하나는 스케줄링 이란 업무이다. 외래진료는 병원 문을 여는 것 이외에 특별히 사전에 준비해야 할 것이 없다. 하지만 방문진료의 경우 늦어 도 전날 저녁까지 다음날 스케줄을 세심하게 조정해 두지 않 으면 당일 아무것도 할 수 없다.

　방문의료 의뢰가 드문드문 들어올 때에는 동선이나 스케줄 에 대한 고민을 특별히 하지 않아도 괜찮지만 의뢰가 점점 쌓 이고 정기적인 방문이 늘어나게 되면 어떻게 스케줄링을 하느 냐에 따라 업무의 시간적 효율이 달라진다.

### 1) 월간 스케줄 : 지역별로 배정하기

내가 속해 있는 기관의 위치를 중심으로 지역을 몇 군데로 나누어서 정기적인 방문 스케줄을 조정하는 것이 좋다. 아직은 방문의료기관이 많지 않다 보니 예를 들어 의원이 마포구의 동부 쪽에 위치하는데 방문하는 지역이 마포, 용산, 서대문, 은평구라면 방문 동선을 잡을 때 크게 의원 근처/마포 서부에서 서대문, 은평구/용산구 3곳 정도로 분류한다. 이 경우 (월 1회 방문 대상자에 한하여) 다음과 같이 대략적인 월간 스케줄을 잡아둘 수 있을 것이다. 물론 환자 상태와 요청에 따라 월간 스케줄은 계속해서 바뀔 것이다.

- 첫째주 : 마포 동부 및 의원 근처(15가구)
- 둘째주 : 마포 서부, 서대문, 은평구(10가구)
- 셋째주 : 용산구(7가구)

### 2) 주간 스케줄 : 환자 상태를 고려하여 배정하기

매주 금요일 또는 주말이 되면 다음주 방문해야 할 가정을 살펴봐야 한다. 월간 스케줄을 중심으로 검토하되, 전체 환자 명단에서 꼭 방문해야 할 환자를 빠뜨리지 않았는지 다시 한번 점검할 필요가 있다. 이때 주요하게 고려해야 할 사항들은 다음과 같다. 최종 선정된 환자들에게 방문일자를 배정한다.

- 지난달 이때쯤 찾아간 환자는 누구인가? (가급적 월 1회 방문원칙을 준수함.)
- 지난주 또는 이번 주에 찾아간 대상자 중 문제해결이 안 된 환자가 있는가?
- 정기처방 약이 떨어져 가는 환자가 있는가? (최소 5일 전에는 방문해야 함.)
- 이 환자와 신뢰관계가 충분히 형성되어 있는가? (미흡하다면 2주 간격으로 방문)

### 3) 일일 스케줄 : 이동 동선과 보호자가 있는 시간을 고려하기

날짜별로 환자들을 배정했다면 최소 하루 전날 전화를 걸어 예약날짜를 확정해야 한다. 한 가정에 머무르는 시간은 최소 30분은 배정해야 한다(초진 1시간, 재진 30분). 이동시간을 고려하여 30분 단위로 스케줄을 정하는 것이 좋다. 구체적인 방문시각은 이동동선(이동시간 15분 이하)과 환자들이 선호하는 시간을 고려하여 결정한다.

예를 들어, 첫 방문의 경우 가족 보호자가 있는 시간에 맞추게 되는데, 정기적인 방문으로 전환되어 만성적인 문제를 관리하게 되면 꼭 가족 보호자가 아닌 요양보호사나 간병인이 근무하는 시간에 방문하고 보호자와는 전화통화로 내용을 공유하기도 한다. 요양보호사는 대개 하루 3시간씩 근무하는데 집마다 근무하는 시간이 달라 그 시간에 맞춰 일정을 잡으면 좋다. 그 밖에 고려해야 할 것들은 다음과 같다.

- 함께 방문약속을 잡아야 할 사람이 있는가? (방문간호사, 사회복지사 등)
- 원활한 대화가 어려운 사람(가급적 요양보호사 등이 있는 시간에 방문하기)
- 선호하는 시간대(직장생활을 하는 보호자는 오히려 저녁을 선호할 수 있다.)
- 점심시간과 화장실 방문 시간(휴식 시간을 배정하여 방문의료인의 건강을 지키자.)
- 진료를 시작할 때에 진료 시간을 미리 얘기하기(한 집에서 시간을 너무 정체하면 이후 스케줄에 혼란이 생긴다.)

# 방문진료 환자의
# 정신질환에 대한 접근법

장창현 (정신건강의학과 의사)

## : 생애 첫 정신과 방문진료

"한 개인의 치료자가 자신의 치료적 활동의 장을 어디까지
확장할 것인가는 순수한 개인의 신념과 철학에 의존한다."

- 『신경정신의학 제2판』 28단원 '지역사회 정신의학'에서 발췌-

위의 문장은 내가 초년 의사 때부터 신념처럼 마음에 품고
다닌 경구다. 나는 의과대학 6년을 졸업하자마자 경상북도 봉
화군 재산면에서 공중보건의사로서 진료를 처음 시작했다. 모
르는 게 참 많았기에 진료 관련 서적을 자주 살펴보았고, 의사
선배들에게 전화나 메일을 통해 어려운 사례를 물어보기도 했
다. 거동이 불편한 환자분들을 방문진료하기도 했는데, 어느

날은 마을 주민의 제보를 통해서 70대 여성에 대한 진료 문의가 들어왔다. 이분이 밤마다 다른 집 곡식을 서리하고 마을 길 여기저기를 헤맨다는 것이었다. 처음에 언뜻 든 생각은 '치매인가?'였다. 방문간호사와 함께 당사자를 찾아갔다. 방에는 뭔지 모를 악취가 났다. 할머니는 나와 눈 맞춤이 잘되지 않았고 감정의 소통이 어려웠다(음성증상). 알아듣지 못할 말을 쉴 새 없이 중얼거리기도 했다(와해된 언어). 직계 가족은 없었고 조카뻘 되는 아주머니가 하루 몇 번 오가며 끼니를 챙겨주었다. 그분의 말을 통해 젊어서부터 온전한 정신이 아니어서 남편에게 버림받았으며 자식도 없다는 걸 알게 되었다. 과거 병력과 현재의 정신상태를 미루어 볼 때 전형적인 조현병 환자였다. 더욱 안타까운 건 20세 무렵부터 내가 방문진료를 처음 나간 당시까지 제대로 된 정신과 진료를 한 번도 받아본 적이 없다는 것이었다.

경상북도 봉화군에는 정신건강의학과 의원이 없다. 가장 가까운 정신건강의학과 의원은 인근의 영주시로 나가야 한다. 40여 km가 떨어진 영주를 오가는 버스는 하루에 두 번 있다. 가까운 가족 보호자도 제대로 있지 않은 시골에 거주하는 조현병 환자가 하루를 통째로 써가며 인근 도시에 있는 정신과 의원을 가서 진료를 받는 것이 쉬운 일은 아니다. 환자 분을 어떻게든 돕고 싶었다. 대학에 있는 선배 정신과 의사에게 메일로 연락하여 환자의 증상을 설명하고 '리스페리돈'이라는 항정신병약물 사용을 추천받았다. 이제 약을 구하는 것이 관건이다. 하지만 전체 인구수가 3천 명도 채 안 되는 면 소재지에 처방전을 가지고 갈 약국은 없다. 의약분업 예외 지역으로 보건지소장인 내가 분기에 한 번 약을 도매상으로부터 대량 구입하여 보건지소에서 처방 및 조제를 했다. 약품 도매상을 통해 구매 가능한 약품 리스트를 다시금 확인해 보았지만, 조현병 치료제는 구매 목록에 없었다.

할머니를 뵙고 시일이 조금씩 지나고 있었다. 도울 도리가 없다며 포기하는 마음이 커져가던 어느 날 모 제약회사 판촉 직원이 보건지소에 찾아왔다. 불현듯 한 아이디어가 떠올랐다. 제약회사 직원에게 혹시 회사에서 나온 항정신병약물 리스페리돈 샘플을 받을 수 있는지 물어보았다. 성심껏 돕고자 했던 그분이 며칠 후 리스페리돈 샘플 약을 가지고 오셨다. 2mg 제형이었다. 나는 조언을 받은 대로 노인환자에 있어서는 낮은 용량으로 시작하여 차차 높여 가는 처방을 했다. 조현병이 만성화되어 대화가 원활하진 않았으나 약이 도움이 되니 꾸준히 잘 드셔보시자고 여러 번 설명을 드렸다. 받은 약을 1/4로 쪼갠 0.5mg로 시작하여 1~2주 간격으로 0.5mg씩 높여서 2~3mg 정도까지 맞추었다. 다행히 할머니께서 호소하신 불편감이나 부작용은 없었다. 물론 그런 불편감조차 상대방에게 수월하게 표현할 정도의 상호 소통능력이 많이 손상되어 있긴 했다. 1~2주에 한 번씩 찾아뵈어 안부를 묻고 약을 전해 드렸다. 복약은 인근에 사는 친척 혹은 지역에서 가가호호 다니며 취약 가구를 돕는 마을의 방문요양 인력이 도와주었다. 두 계절이 지난 어느 날 할머니는 마을 회관에 나와 계셨다. 혈압을 재고 안부를 묻는데 나와 눈을 또렷이 맞추고 웃음을 지으셨다. 할머니를 뵙고 그렇게 편안한 얼굴을 보이신 건 처음이었다. 이 첫 경험을 통해 정신과 약물과 치료적 관계의 힘이 내게 각인되었다.

## : 들어가며

위의 사례에서 보듯 꼭 정신과 의사가 아니어도 관계성을 바탕에 둔 적절한 처방은 정신질환 당사자를 도울 수 있다. 정신의료에 대한 문턱은 결코 낮지 않다. 게다가 위의 예와 같은 시골 지역은 정신의료 자체에 접근이 쉽지 않다. 정신질환에 대한 인식의 부족, 사회적 편견, 치료에 대한 불신 등은 정신과 진료를 받는 데 주저하게 하는 이유가 된다. 『2016년도 정신질환 실태조사』에 따르면 전체 추정 정신질환자의 16.6%만이 정신건강의학과 전문의에게 진료를 받는다. 정신질환 자체로 인해 정신과 의사의 방문진료를 필요로 하는 사례도 있겠지만 신체질환이나 장애로 방문진료를 수행 중에 공존하는 정신질환을 발견하게 되는 경우도 있을 것이다. 신체 장애가 있는 경우 정신과 진료 접근성이 떨어지고, 정신과 전문 인력의 장애에 대한 이해도가 떨어져서 정신과 진료실에서 효과적인 정신과 진료를 받지 못할 수 있다. 더욱 염려되는 것은 장애인의 정신건강이 비장애인보다 더 취약할 수 있다는 점이다. 장애인의 우울증 유병률은 17.03%로 비장애인 7.83%에 비해 현저히 높다. 스트레스 발생률도 비장애인 37%에 비해 높은 58.1%다(국립재활원, 2019 ; 보건복지부, 2017). 정신건강의 취약성에도 불구하고 장애인은 적절한 정신건강서비스를 제공받지 못하고 있다.

예를 들어, 장애인이 건강과 관련해 가장 많이 이용한 서비스로는 일반진료서비스 91.6%, 만성질환관리 76.2%, 건강검진 69.3%, 예방접종 69.1%, 건강상태평가관리 48.9%, 구강보건 45.0%, 정신보건서비스 8.6%로 정신건강 관련 서비스 이용률은 현저히 낮다(보건복지부, 2017). 이러한 악조건 속에서 장애인주치의 역할을 하는 방문진료는 환자들 정신건강의 빈틈을 챙길 좋은 전략이 될 수 있다.

방문진료 현장에서 정신과적 접근을 하는 경우는 대개 다음 두 가지 중 하나일 것이다. 신체질환 혹은 장애로 방문진료를 진행하는 중에 정신질환이 의심될 경우 혹은 환자의 정신질환이 의심되는데 환자 본인의 병에 대한 인식이 부족하여 진료실을 찾지 않지만 가족, 이웃 혹은 복지 담당자가 방문의 필요성이 있다고 판단하여 방문진료를 하게 되는 경우가 있을 수 있겠다. 어떤 경우가 되었든 정신과적 인터뷰는 정신질환을 치료하는 데 있어서 가장 기본적이면서도 중요한 요소다. 세부 전공과목 위주의 의료 수련과정을 가진 우리나라에서 정신과 의사가 아닌 다른 과 의사가 정신과적 인터뷰 기술을 배울 기회는 거의 없다. 우리 나라의 의료지불제도는 행위별 수가제이고 정신과를 제외하고는 의사의 상담 수가가 따로 책정되어 있지 않기 때문에, 일차 의료를 담당하는 내과 의사나 가정의학과 의사가 마음이 힘든 환자를 진료할 때 시간을 넉넉하게 들이기는 참 어렵다.

주치의제를 바탕으로 하는 영국 같은 나라에서는 경도에서 중등도 우울증의 경우는 일반의(general physician)의 진료를 받고 중증 혹은 재발성 우울증의 경우에 정신건강의학과 전문의의 진료를 받는다. 신체 장애를 가진 환자의 정신질환 유병률이 적지 않다. 『2016년도 정신질환 실태조사』에서는 대한민국 성인 4명 중 한 명 이상(25.4%)은 평생 한 번 이상의 정신질환을 갖는다고 한다. 몸 진료를 담당하는 의사의 마음 진료 역량은 일차의료 현장, 방문진료 현장에서의 전인적 치료에 분명 도움이 될 것이다.

이에 『일차의료 정신의학』 제2판(*Primary Care Psychiatry*,

2nd edition)과 『정신의학의 개요』제11판(*Synopsis of Psychiatry*, 11th edition) 내용을 중심으로 방문진료 환자의 정신과적 접근법에 대해 설명하고자 한다. 정신과 진료는 정신과적 면담, 정신치료 및 약물치료로 이루어진다. 우선 정신과적 면담에 대해 살펴보자.

## : 정신과적 면담

정신과적 면담은 환자를 평가하고 치료함에 있어 가장 중요한 요소다. 첫 정신과적 면담의 목적은 진단의 근거가 되는 정보를 얻는 것이다. 적절한 진단은 치료의 방향성을 잡는 데 도움이 된다. 체계적으로 진행된 정신과적 면담을 통해 정신질환의 생물심리사회적 요소들을 다차원적으로 이해하고, 환자와 협력하여 치료 계획을 세울 수 있다. 정신과적 면담은 진단뿐 아니라 치료 과정으로서도 기능한다. 첫 만남부터 의사 – 환자 관계를 만들어가기 시작한다. 이 치료적 관계는 치료 결과에도 영향을 미친다. 면담을 시작할 때 의사가 환자에게 자신을 소개하고, 만남의 이유에 대해 설명한다. 이는 환자와 의사 사이의 기반이 되는 작업이다. 비밀보장도 중요하다. 의사와 환자 사이에 나누는 이야기는 둘 사이의 비밀로 한다. 서로에 대한 믿음을 갖고 치료 동맹을 맺는 것이다. 환자의 가족을 통해 환자의 상태에 대한 보고가 보완될 수도 있다. 이 과정에서도 치료 동맹을 잘 유지하기 위해 환자의 동의를 구해야 한다. 환자를 존중하는 것도 기본이 된다. 환자가 처한 상황과 신체적인 어려움을 살펴야 한다. 정신질환에 대한 낙인이나 오해가 있을 수도 있기에 환자 스스로 취약하다고 느끼는 지점에 대해서 섬세한 고려와 접근이 필요하다. 옳고 그름을 판단하기보다 환자의 심정을 인정하고 공감하는 태도가 치료 동맹을 더욱 굳건히 한다.

신체 진료의 경우 임상적 평가는 주호소(chief complaint)와 병력(medical history)을 파악하고 전반적 신체 상태에 대해 신체 검진(physical examination)을 시행하는 것으로 이루어진다. 정신질환에 대한 접근도 마찬가지다. 환자의 '마음 힘듦'이 무엇인지를 먼저 파악하고 '마음 힘듦'의 역사를 살핀다. 여기에서 환자의 정신사회적 스트레스원이 무엇인지, '마음 힘듦'이 환자의 기능을 얼마나 떨어뜨렸는지도 함께 확인한다. 그리고 정신과적 면담에서는 신체 검진 대신에 정신상태검사(mental status examination, MSE)를 반드시 시행한다. MSE는 별도로 시행한다기보다는 환자와의 면담 중에 환자의 정신 상태를 단면적으로 살펴보는 것이다. 첫 정신과적 면담의 목적은 두 가지다. 하나는 진단을 위한 정보 획득이고 다른 하나는 환자와의 긍정적인 치료 동맹을 맺는 것이다. 번아웃을 예방하기 위해 한 시간 안쪽으로 첫 정신과적 면담 완수를 목표로 진행하길 권한다.

　정신과적 면담에서는 대략 다음과 같은 순서로 환자의 정신과적 필요를 파악한다. ① 주호소와 현병력, ② 정신과적 병력, ③ 과거 치료력, ④ 가족력, ⑤ 사회력. 주호소와 현병력은 "어떤 마음의 어려움이 있으신지 말씀해주실 수 있나요?"와 같은 질문으로 파악한다. 열린 질문으로 시작하여 환자 스스로 자신의 어려움에 대해 수 분 동안 말하도록 한다. 마음의 힘듦에 어떤 것들이 있는지, 얼마나 심한지, 얼마나 오래되었는지, 힘듦을 유발한 스트레스원이 있는지, 증상이 줄어들도록 돕는 건 어떤 게 있는지를 시간 순서대로 파악할 수 있다면 좋다. 환자의 중요한 말은 반영하고, 애매하거나 내용 파악이 더 필요한 부분은 명확하게 하기 위한 추가 질문을 할 수 있다. 정신과적 병력은 이전에 정신과 진료받은 경험이 있는지, 자살에 대해 생각하거나 시도한 적이 있는지 묻는다. 과거 치료력은 이전에 경험한 정신과 약물 복용에 대해 물어봄으로써 파악한다. 가족의 정신질환 경험에 대한 질문으로 가족력을 살핀다. 사회력을 살필 간단한 질문은 다음과 같다. "누구와 함께 살고 있습니까?", "하루를 어떻게 보냅니까?", "생활비는 어떻게 꾸려가고 있나요?", "어린 시절을 한 문장으로 표현한다면 어떻게 말할 수 있을까요?"

## : 계통별 문진 – AMPS 선별 도구

계통별 문진(review of systems)은 보통 장기별로 나타날 수 있는 증상들을 빠짐없이 문진하기 위한 통상적인 질문을 말한다. 정신과 영역에서도 '계통별 문진'을 할 수 있다. 『일차의료 정신의학』 제2판에서는 'AMPS 선별 도구'를 제시한다. AMPS는 Anxiety disorder(불안장애), Mood disorder(기분장애), Psychosis(정신증 혹은 조현병), Substance use disorder(물질사용장애)의 머리글자를 따서 만든 표현이다. 시간이 아쉬운 진료 현장에서 환자의 정신과적 진단을 구분할 수 있는 큼직한 분류법이라고도 할 수 있다.

A : Anxiety disorder(불안장애)를 살피기 위해서는 다음 질문을 할 수 있다. "불안으로 마음이 어려우신가요?" 만약 그렇다고 대답한다면 다음 질문들을 뒤이어 할 수 있다. "당신의 불안이 어떻게 매일의 삶에 영향을 미치나요?", "어떤 것이 불안을 유발하나요?", "어떻게 불안에서 벗어날 수 있나요?"

M : Mood disorder(기분장애)를 살피기 위해서는 다음 질문을 던질 수 있다. "최근 2주 동안 우울하거나, 슬프거나, 절망적인 마음이 있었나요?" 혹은 "삶의 낙이 없거나 평소 즐기던 것을 즐기지 못하진 않았나요?" 그렇다고 답한다면 다음 질문들을 뒤이어 할 수 있다. "어떤 식으로 우울감이 느껴졌나요?", "우울감이 일상에 어떤 영향을 주나요?" 그리고 자살

생각, 자살 계획, 자살 시도에 대해서도 물어볼 수 있다. 기분장애의 대표는 우울증이다. 하지만 우울이 극단에 다다르면 조증 삽화가 나타날 수도 있다. 이에 대한 질문은 다음과 같다. "우울의 반대로 가족이나 친구 같은 주변 사람들이 염려할 정도로 지나치게 행복감에 젖거나 들뜬 적이 있나요?", "에너지가 넘쳐서 며칠씩 잠을 안 자고 무언가에 몰두한 적이 있나요?"

P : Psychosis(정신증)를 살피고자 다음 질문을 해볼 수 있다. "다른 사람들이 보거나 듣지 못하는 걸 감각하기도 하나요?", "누군가 몰래 당신을 미행하거나, 당신에게 피해를 주지는 않나요?" 첫 번째는 환각에 대한 질문이고, 두 번째는 (피해)망상에 대한 질문이다.

S : Substance use disorder(물질사용장애)를 살피려면 다음 질문을 할 수 있다. "1주일에 며칠, 한 번에 얼마나 음주를 하나요?" 뒤이어 이런 질문을 할 수 있다. "음주로 인해 생활에 악영향을 받지는 않았나요?"

## : 정신 상태 검사

환자와의 대화를 통해 환자의 '마음 힘듦'을 파악하면서 동시에 정신 상태 검사(MSE)를 수행한다. MSE는 환자의 인지적, 감정적, 행동적 현재 상태를 관찰하고 기록하는 것이다. 앞서 표현한 바와 같이 정신과 영역에서의 '신체 검진'과 같다고 할 수 있다. MSE에서는 다음과 같은 것들을 살핀다 ; 외모(위생이나 단정한 정도, 옷매무새는 어떤지), 태도(의사에게 말을 건네는 방식, 협조적인지 방어적인지 짜증스러운지), 발화(속도, 리듬, 목소리 크기), 감정(환자 스스로 보고하는 기분은 어떤지), 정동(의사가 관찰하기에 환자의 기분은 어때 보이는지, 말하는 기분에 적절한 얼굴 표정인지, 기분이 얼마나 빠르게 변하는지), 사고 과정(생각의 전개가 빠르진 않은지, 지리멸렬하지는 않는지), 사고 내용(우울, 불안, 망상 등), 인지(환청, 환시, 환촉 등 환각은 없는지), 인지(명료하게 깨어 있는지, 시간·장소·사람에 대한 지남력은 정상인지), 병식(자신의 마음의 병에 대한 인식은 어떤지), 판단(자신의 생활이나 치료에 대한 적절한 판단을 할 수 있는지), 신뢰도(환자 본인의 말과 가족과 같은 주변 사람들의 보고가 일치하는지) 등.

병력 청취와 MSE를 통해 대략의 정신과적 진단이 세워지면 치료적 접근을 할 수 있다. AMPS와 더불어 일차 진료 현장에서 많이 볼 수 있는 수면장애, 알츠하이머 치매와 같은 인지장애의 치료에 대해 언급하고 글을 마무리하려 한다.

### : 불안장애

먼저 A : Anxiety disorder(불안장애)를 살펴보자. 불안장애는 진료 현장에서 가장 많이 볼 수 있는 정신과적 진단이다. 상황 유발 요인이 있느냐 없느냐에 따라 불안장애의 아형이 나누어질 수 있다. 유발 요인이 명백한 불안장애는 사회적 상황에 대한 불안인 사회불안장애(social anxiety disorder), 빠져나가기 어렵거나 도움을 받기 어려운 상황 및 장소에 대한 두려움인 광장공포증(agoraphobia), 특정 대상에 대한 두려움인 특정공포증(specific phobia) 등이 있다. 유발 요인이 뚜렷하지 않은 불안장애에는 갑작스런 공황 발작과 이에 대한 예기불안을 갖는 공황장애(panic disorder), 일상에서의 지속적인 불안 및 긴장과 관련된 신체 증상을 갖는 범불안장애(generalized disorder)가 있다. 불안장애를 진단할 때는 불안 유사 증상을 경험하는 신체 상태 감별이 수반되어야 한다. 신체 검진, 혈액 검사 등을 통해 감별 진단을 할 수 있다. 대표적 신체 상태로 심장 동맥 질환, 천식, 갑상선 이상, 빈혈 등이 있다.

불안장애의 아형은 다양하지만 치료의 방향은 대부분의 불안장애가 비슷하다. 무엇보다 치료 동맹을 잘 형성하는 것이 기본이다. 환자가 느끼는 어려움을 충분히 공감하도록 노력한다. 약물치료를 고려한다면 교과서에서 추천하는 일차 치료제를 먼저 사용하길 권한다. 바로 선택적세로토닌재흡수억제제(selective serotonin reuptake inhibitor, SSRI)다. 이 중에서 섬세한 용량조절이 쉽고, 다른 약물과의 상호작용이

적으며, 내약성이 좋은 약은 에스시탈로프람(escitalopram)이다. 약의 부작용을 경험할 경우 치료 순응도가 떨어질 수 있기 때문에 최소용량인 5mg의 절반인 2.5mg로 시작하여 2~4주 간격으로 2.5mg씩 증량하길 추천한다. 용량 범위는 2.5~20mg이다. SSRI의 효과가 나타나기까지는 1~3주 정도의 시간이 필요하다. 효과가 나타날 때까지 지속 복용이 중요하다. 부작용으로는 소화계통 불편감, 두통, 성기능 저하 등이 나타날 수 있다. 소화 불편감, 두통은 약의 복용이 수 주 이상 길어지면 없어질 수 있다. 이에 대해서도 미리 설명하는 것은 치료 순응도를 높이는 데에 도움이 된다. 갑작스런 불안을 낮추기 위해 프로프라놀롤(propranolol)과 같은 약을 10~40mg 정도 필요시 약으로 사용할 수 있다. 벤조디아제핀 계열 약물인 알프라졸람(alprazolam), 클로나제팜(clonazepam), 디아제팜(diazepam), 로라제팜(lorazepam) 등을 사용하기도 하는데 의존성, 남용 위험성의 이슈가 있기 때문에 가급적 사용하지 않는 것이 좋다. 사용하게 되더라도 장기간 사용은 하지 않도록 하고, 사용 초반부터 의존성 발생 위험에 대해 설명하고, 매달 사용 스케줄에 대한 계획을 점검해야 한다.

### : 주의해서 사용해야 할 벤조디아제핀 계열 약물

벤조디아제핀 계열 약은 금단 증상이 있을 수 있다. 사용하게 되었다면 갑자기 끊어서는 안 된다. 금단 증상 및 징후로는 다음과 같은 것들이 있을 수 있다 : 불안, 떨림, 예민함, 이인화, 불면증, 지각 과민, 청각 과민, 집중력 저하, 근경련, 오심, 섬망, 경련 발작 등. 이러한 금단 증상은 환자의 삶의 질을 현저하게 떨어뜨릴 수 있다. 장기 사용 시 인지기능의 저하가 올 수 있으며 호흡 계통의 억제도 있을 수 있다. 이러한 부작용은 노인 환자, 말기 암 환자에게서 특히 심하게 나타난다. 금단 증상 때문에 벤조디아제핀 계열 약은 서서히 줄여나가야 한다. 이를 위해서는 벤조디아제핀 계열 약의 등가용량과 서서히 줄여가는 시도가 필요하다는 것을 알아야 한다. 등가용량은 같은 효과를 나타내기 위한 용량을 말한다. 디아제팜 5mg는 알프라졸람 0.5mg, 로라제팜 1mg, 클로나제팜 0.25mg, 졸피뎀 10mg와 같다. 디아제팜이 반감기가 길고 제형이 2.5mg으로 다양하기 때문에 디아제팜으로 환산하여 매 2~4주에 걸쳐 10~25%씩 감량해 나간다. 예를 들어 아침에 알프라졸람 0.25mg, 저녁에 0.5mg를 수 개월 이상 사용하였다면 디아제팜을 아침에 2mg, 저녁에 5mg로 시작하여 수 개월에 걸쳐 아침 1mg - 저녁 5mg, 아침 0mg - 저녁 5mg, 저녁 4mg, 저녁 3mg, 저녁 2mg, 저녁 1mg, 중단 이런 식으로 단계적으로 감량을 시도하는 것이다. 불면을 완화하기 위해 졸피뎀 10mg을 장기간 사용했을 경우에는 디아제팜 5mg로 변환

하고 불면 완화를 도울 트리티코 혹은 쿠에타핀을 최소량부터 시작해서 점차 보완해간다. 앞서 언급한 프로프라놀롤은 벤조디아제핀 계열 약의 금단을 완화하는 데에 추가적인 도움이 될 수 있다.

불안장애 정신치료의 기본은 인지행동치료(cognitive behavioral therapy, CBT)다. 세상과 미래, 환자 자신에 대한 왜곡된 믿음과 기대가 있을 수 있으며 이것이 불안 증상과 연결된다. 이에 대한 점검이 필요하며 인지 재구조화(cognitive restructuring)까지 나아가도록 돕는다. 점진적 근육 이완, 심호흡과 같은 증상 관리 기술을 함께 습득하면 도움이 된다.

## : 기분장애

M : Mood disorder(기분장애)에 대해 살펴보자. '기분'은 사람의 행동에 영향을 주고 세상에 존재하는 한 개인의 인식에 색채를 입히는 광범위하고 지속적인 감정을 말한다. 기분장애는 크게 우울증과 양극성장애로 나누어지며, 우울증의 가벼운 형태인 기분부전증(dysthymia)과 양극성장애의 가벼운 형태인 순환성장애(cyclothymia)를 포함한다. 양극성장애는 조증 삽화(manid episode)와 우울증 삽화를 둘 다 경험하거나 조증 삽화를 한 번 이상 경험하면 진단할 수 있다(기분장애의 증상은 지속되기보다는 수 개월의 기간을 두고 증상이

왔다가 가는 경향이 있기에 '삽화'라는 표현을 쓴다). 조증 삽화는 최근에는 양극성장애가 우울증의 심한 형태라는 가설이 다시금 고려되고 있다. 양극성장애와 우울증은 약물치료의 방향이 달라지기에 구분을 하는 작업이 필요하다.

우울증은 정신질환의 진단 및 통계편람 제5판(Diagnostic and Statistical Manual of Mental Disorders, 5th ediction, DSM-5)에서는 주요우울장애(major depressive disorder)로 표기한다. 2주 이상 거의 매일 우울감을 느끼거나 흥미 혹은 즐거움의 유의미한 상실을 특징으로 한다(우울증의 핵심 증상). 아래의 아홉 가지 증상 중 다섯 가지 이상이 최소 2주일간 지속되고, 기능의 변화가 있을 때 진단할 수 있다. 또한 주요우울장애 진단을 위해서는 갑상선기능저하와 같은 신체의 병적 상태나 물질의 효과에 의한 것이 아님을 배제해야 한다.

① 우울한 기분, ② 흥미나 즐거움의 현저한 저하, ③ 체중 감소 혹은 증가, ④ 불면 또는 수면 과다, ⑤ 정신운동 초조 또는 지연, ⑥ 피로 또는 에너지의 상실, ⑦ 무가치함 또는 과도하거나 부적절한 죄책감, ⑧ 집중력의 저하, ⑨ 반복되는 죽음에 대한 생각, 자살사고, 자살계획, 자살기도

우울증에 대한 치료는 크게 정신사회적 치료와 약물치료로 나뉜다. 우울증에서 활용되는 정신사회적 치료 중에서는 인지행동치료(cognitive behavioral therapy, CBT)가 대표적

이다. CBT의 핵심은 감정, 사고, 행동 사이의 관계다. 이들 세 요소에 대한 세 가지 전제가 유용하다 : ① 우리가 어떻게 느끼느냐가 우리가 어떻게 생각하고 행동할지에 영향을 미친다. ② 우리가 어떻게 생각하느냐는 우리의 행동과 감정에 영향을 미친다. ③ 우리가 무엇을 하느냐가 우리의 생각과 감정에 영향을 미친다. 인지행동치료는 인지적인 접근과 행동적인 접근으로 나누어 볼 수 있다. 인지적인 접근은 우울증에서 나타나는 인지 왜곡에 초점을 둔다. 인지 왜곡에는 상황의 부정적인 측면에 대한 선택적 주의와 결과에 대한 비현실적인 병적 추론이 포함된다. 인지를 살피는 물음에는 다음과 같은 질문이 도움이 된다. "말씀하신 우울감이 심할 때, 어떤 생각이 머릿속을 스치나요?" 인지적 접근의 목표는 환자가 부정적인 인식을 인지하고 평가하는 것을 도움으로써 우울 증상을 완화하고 재발을 방지하는 것이다. 대안적이고 유연하며 긍정적인 사고방식을 개발하고 새로운 인지행동반응을 연습한다. 행동적 접근의 하나는 행동 활성화(behavioral activation)다. 행동 활성화의 목표는 활력있는 활동에의 참여를 늘리는 것이다. CBT 원칙에 근거하여 행동의 구조를 만들고, 루틴을 만들고, 활동을 계획한다. 기분에 잠식당하는 대신 초점을 맞춘 행동 계획을 따르는 것을 강조한다. 그 결과 동기가 향상되고 자기효능감이 향상될 수 있다.

앞서 언급했듯이 양극성장애와 우울증의 약물치료는 방향성이 다르기에 이 둘을 구분해야 한다. 조증/경조증 (mania/hypomania) 증상을 살피기 위해 기억을 돕는 약어는 DIGFAST다. D는 Distractibility로 주의산만함, I는 Insomnia로 불면증, G는 Grandiosity로 과대망상, F는 Flight of Ideas로 사고의 비약, A는 Activity로 목적지향활동의 증가를 의미한다. S는 Speech로 말수의 증가를 뜻하고, T는 Thoughtlessness 로 신중하지 못하고 위험을 수반하는 행동을 말한다. 조증은 입원이 필요하거나 사회적, 직업적 기능의 현저한 손상을 보이지만, 경조증은 상대적으로 가벼운 형태로 나타나며 창조성이나 에너지가 증가된 듯 보일 수 있다. 우울감을 갖는 개인에게 과거 이러한 기분 증상이 있었는지를 파악한다면 조증/경조증 삽화를 살필 수 있다. 양극성장애의 경우 항우울제의 사용이 조증/경조증 삽화의 재발을 야기할 수 있기 때문에 신중해야 한다. 양극성장애의 경우 항경련제로도 쓰이는 기분안정제를 처방한다. 조증 삽화 때에는 디발프로엑스 (divalproex), 우울 삽화 때에는 라모트리진(lamotrigine)의 사용을 추천한다. 디발프로엑스는 발프로에이트(valproate) 제제에서 소화불편감을 낮춘 약이다. 500mg에서 시작하여 250mg 단위씩 증량시키고 1,000~1,500mg까지 사용하길 추천한다. 라모트리진은 12.5~25mg에서 시작하여 12.5~25mg

씩 높인다. 100~200mg까지 사용할 수 있다. 한 번의 조증이 있으면 진단할 수 있는 양극성장애 1형의 경우에도 우울과 조증/경조증 기간의 비율이 3 : 1 정도로 우울 기간이 더 길기에 양극성장애의 경우 우울 증상 완화 및 예방을 위해 라모트리진 사용을 적극 권하는 바이다.

모든 약은 효과와 부작용이 있을 수 있다. 피부발진이 생기는 경우는 라모트리진의 복용을 중단하는 것이 좋다. 드물게 스티븐 존슨 신드롬(Stevens-Johnson syndrome)과 같은 심각한 피부 병변으로 발전할 수 있기 때문이다. 디발프로엑스는 소화 불편감, 체중 증가가 비교적 흔하다. 드물게 간독성이 생길 수 있어서 피로감 호소 시 이를 잘 살펴야 한다.

우울증이 있을 경우 앞의 불안장애치료에서도 언급한 항우울제를 사용하길 권한다. 다양한 항우울제들이 있으나 내약성이 좋고 상호작용이 적은 세로토닌 계열 항우울제인 에스시탈로프람을 2.5~5mg에서 시작하여 2.5~5mg씩 서서히 증량하는 것을 추천한다. 약물은 효과를 발휘하는 충분 용량을 충분한 기간 동안 사용한다. 우울증의 약물치료는 효과가 좋은 편으로 시작한 지 6주 안에 절반 가량의 환자들이 50% 이상으로 증상의 호전을 경험한다고 한다. 하지만 모든 약은 부작용 경험을 할 수 있기 때문에 약을 서서히 증량하고, 부작용이 있을 경우 용량을 유지하거나 서서히 감량할 필요가 있다. 부작용은 몸과 마음 모두에서 나타날 수 있다. 몸이 경험하는 부작용의 대표격인 소화 불편감, 두통은 약 복용 1~2주 안에 대부분 호전된다. 하지만 성기능 저하는 약 복용 기간이 길어져도 지속될 수 있다. 이와 관련한 불편감이 크다면 성기능 관련 부작용이 거의 없는 노르에피네프린-도파민 재흡수 억제제(norepinephrine and dopamine reuptake inhibitor, NDRI)인 부프로피온(bupropion)을 대체 약물로 사용할 수 있다. 마음 영역에서 주의할 부작용은 자살사고의 증가다.

특히 소아, 청소년, 만 24세 미만의 성인 환자의 경우 자살의 위험도가 증가할 가능성이 보고된다. 이 때문에 미국 식품의약품청(the Food and Drug Administration, FDA)에서는 블랙박스 경고문(black box warning)을 항우울제 포장에 붙이도록 했다. 심한 우울감에서 벗어나는 초기 반응으로 기력이 상승하면서 자살 사고에 대해 행동으로 옮길 가능성이 있다. 그래서 해당 연령대에서는 첫 2주 가량 치료 효과와 부작용을 면밀하게 살펴야 한다. 첫 우울 삽화를 기준으로 완전 관해에는 3~6개월의 시간이 든다. 6개월 이상 혹은 우울 삽화의 기간, 둘 중에서 더욱 긴 시간만큼의 지속 치료가 필요하다. 환자의 상태가 안정되면, 약물 감량 및 중단 가능성에 대해 함께 생각을 나누는 것이 좋다.

최소 6개월 가량의 약물치료 기간을 가진 이후에는 서서히 감량할 수 있다(예를 들어, escitalopram의 경우 2.5mg 씩). 우울 증상의 악화 여부를 살피고 항우울제 중단 증후군 (discontinuation syndrome)을 예방해야 하기 때문이다. 중단 증후군의 증상으로는 두통, 어지러움, 구역감, 불면, 불안, 저린 감각 등이 있을 수 있다. 중단 증후군이 발생하면 약물 중단 전 용량으로 다시 돌아간 다음 수 주, 수 개월에 걸쳐 다시 천천히 감량하는 것이 좋다. 증상이 심하거나 재발이 잦거나 회복이 더딘 경우는 정신건강의학과로 의뢰하여 진료를 받을 수 있게 한다.

## : 불면증

1개월 이상 지속되는 불면증(insomnia)이 있을 경우에는 기저의 스트레스, 우울 혹은 조증과 같은 기분증상, 불안을 동반할 가능성이 높다. 동반된 마음 상태에 대한 치료적 접근이 필요하고 기본적인 수면 위생 교육을 시행해야 한다. 『정신의학의 개요』 제11판에서 제시하는 좋은 잠 실천법은 〈표 1.〉과 같다. 기본은 적절한 생활 리듬을 갖고, 낮에 활동을 하며, 잠에 방해되는 요인들을 제거하고, 잠자리에서는 잠만 자는 것이다. 이에 덧붙여 잠이 오지 않으면 잠자리를 벗어나고 침대에 머무는 시간을 제한하는 수면 제한(sleep restriction), 수면과 관련된 인지 왜곡을 탐색하고 이에 대해 이의를 제기하며 수면 관련 실천 개선에까지 나아가는 CBT적 접근, 음성 지시나 영상 지시 등에 따라 돌아가면서 사지의 근육을 긴장하고 이완하는 점진적 근육 이완 기술(progressive relaxation technique)도 수면에 도움이 될 수 있다.

### 좋은 잠 실천법

**1. 해야 할 것들**

① 잠자리에 드는 시간과 일어나는 시간을 일정하게 하기
② 배가 고프다면, 잠들기 전에 가벼운 간식 먹기
③ 규칙적인 운동 계획을 세우고 실천하기
④ 잠자리에 들기 전에 한 시간 정도 일상의 긴장을 풀고 여유로운 시간을 보내기
⑤ 잠들려 할 때 걱정거리, 잡생각이 난다면 기록해두었다가 다음날 아침부터 다시 생각하기
⑥ 침실 환경은 다소 선선하게 하기
⑦ 침실 조명을 어둡게 하기
⑧ 침실 안은 조용한 환경으로 만들기

**2. 피해야 할 것들**

① 낮잠 자기
② 시계를 수시로 확인하여 불면증이 얼마나 심한지 체크하기
③ 지쳐서 뻗어버리도록 잠들기 바로 전에 운동하기
④ 잠이 안 오면 텔레비전 시청하기
⑤ 잠들기 전에 과식하기
⑥ 오후와 저녁에 커피 마시기
⑦ 잠이 안 오면 담배 피우기
⑧ 잠들기 위해서 술 마시기
⑨ 잠자리에서 책 읽기
⑩ 잠자리에서 음식 먹기
⑪ 잠자리에서 운동하기
⑫ 잠자리에서 휴대폰하기

식약처의 허가를 받은 불면증 치료제는 크게 세 종류다. 벤조디아제핀 계열 약물 중에서 작용시간이 빠르고 반감기가 짧은 트리아졸람(triazolam)과 비벤조디아제핀 계열 수면유도제인 졸피뎀(zolpidem), 그리고 멜라토닌 수용체 작용약물이 그것이다. 트리아졸람과 졸피뎀은 1달 미만의 불면증에

만 처방되어야 한다. 의존성 및 금단증상은 트리아졸람이 특히 강하고 졸피뎀도 없지 않다. 졸피뎀의 경우는 벤조디아제핀 계열 약의 과다 진정 부작용을 줄인 약이라고는 하지만 장기 사용 시에 몽유병, 야간 폭식과 같은 부작용이 나타날 수도 있다. 한 달 이상의 처방이 필요한 경우에는 멜라토닌(melatonin) 제제를 활용하는 편이 나을 수 있다. 즉각적이기보다 서서히 자연스럽게 수면에 진입하는 것을 도와주는 편으로 의존성이 적은 장점이 있다. 하지만 멜라토닌도 피로, 두통, 예민함, 낮시간 졸림, 성 재생산 기능 저하와 같은 부작용이 있을 수 있다.

허가 외 사용(off-label use)으로 항우울제 트라조돈 (trazodone)과 항정신병약물 쿼티아핀(quetiapine)을 시도할 수 있다. 트리티코는 우울증이 동반된 경우에 고려해볼 처방이며 12.5~25mg에서 시작하여 12.5~25mg씩 높여 100mg까지 사용해볼 수 있다. 쿼티아핀은 조증, 정신증이 동반된 경우 고려해볼 만한 처방이며 6.25~12.5mg에서 시작하여 6.25mg이나 12.5mg 혹은 25mg 단위로 올려볼 수 있다. 100mg까지 사용해볼 수 있겠다. 트리티코 사용 시에는 우울증 상병(F3x)이 포함되어야 하며, 쿼티아핀 처방 시에는 비기질성 정신병 (F29) 상병 코드가 포함되어야 한다.

## : 정신병적 장애

P : Psychotic disorder(정신병적 장애)는 정신증(psychosis)이라고도 한다. 정신증을 경험하면 환각(hallucination)과 망상(delusion) 같은 지각 장애로 현실검증력에 이상이 있고 와해된 언어(disorganized speech), 와해된 행동(disorganized behavior)을 보일 수 있다. 이러한 증상들은 정신증을 가진 사람들에게만 나타나는 증상이라고 하여 양성증상이라고 표현하기도 한다. 주로 급성기에 나타난다. 정신증의 대표적 질환은 조현병(schizophrenia)이다. 양극성장애 조증이나 중증 우울증의 경우에도 정신병적 양상을 띨 수 있다.

정신증에서 나타나는 환각은 주로 환청(auditory hallucination)이다. 환청은 당사자를 위협하거나 비난하거나 음란한 내용을 갖는 경우가 많다. 망상은 환자의 고정되고 잘못된, 비현실적인 믿음을 말한다. 망상에는 피해망상, 과대망상, 종교망상, 신체망상 등이 있다. 환자는 의사에게 자신의 망상을 믿냐고 묻기도 한다. 이때 의사 자신이 망상을 믿는지 밝히기보다 환자의 감정과 어려움에 초점을 두는 것이 좋다. 또한 환자가 경험하는 어려움의 내용 탐색이 도움이 된다. 다음과 같이 말을 건넬 수도 있다. "당신이 겪는 것들로 인해 두려움이 있을 수 있습니다. 당신이 어떤 경험을 하고 계신지 좀더 살피고 싶습니다."

정신증이 의심될 경우에는 가급적 정신과 진료 현장으로 연결하는 것이 좋다. 정신치료나 약물치료에 있어 전문성과 섬세함이 필요할 수 있기 때문이다. 특히 자해나 타해의 위험이 크거나 증상이 너무 심해 기본 일상 수행이 어려운 경우 급성기 치료가 가능한 정신과 진료 기관으로 의뢰하길 추천한다. 조현병과 같은 정신증의 치료는 생물심리사회적 접근(biopsychosocial approach)을 강조한다. 생물학적 접근으로 환자에게 적절한 정신과 약물을 처방한다. 심리적 접근은 정신치료, 동료지원, 가족교육, 사회기술훈련을 포함한다. 사회적 접근은 조현병이 사회적 장애로 경험될 수 있기에 중요하다. 사회적 접근의 방법으로는 주거 지원, 직업 재활, 사례 관리 등이 있다. 본 글에서는 정신과 약물 처방에 좀더 초점을 두어 기술하려 한다.

1세대 항정신병약물에는 할로페리돌(haloperidol), 클로르프로마진(chlorpromazine) 등이 있다. 이들 약물은 상대적으로 근육의 움직임에 영향을 주는 운동장애(movement disorder)를 잘 일으킬 수 있고 지연발생운동이상증(tardive dyskinesia)과 같은 장기 부작용 발생 가능성도 있기에 잘 쓰이지 않고 2세대 항정신병약물이 선호된다. 2세대 항정신병약물은 운동장애 발생 가능성은 낮지만 대사 부작용(metabolic side effects)의 확률은 높다. 그래서 약물치료 시작 시에 체중, 체질량지수, 혈압, 공복혈당, 지질 검사를 시행하고 주기적으로 추적 검사를 할 것을 추천한다.

환청, 망상과 같은 양성증상에 비교적 효과가 있는 약으로 아리피프라졸(aripiprazole), 리스페리돈(risperidone)이 있다. 아리피프라졸은 특히 체중 증가와 같은 대사 부작용 확률이 낮은 장점이 있다. 그럼에도 불구하고 두통, 졸림, 불안, 근육 계통 부작용이 있을 수 있기에 주의한다. 2, 5, 10, 15, 30mg 제형이 있으며 용량 범위는 2~30mg이다. 2~3mg 단위씩 증량하길 추천한다. 10mg이 넘는 용량은 부작용 발생 가능성이 높기에 정신과로 의뢰하길 권한다. 리스페리돈도 정신증의 급성기와 유지치료 단계 모두에 활용할 수 있는 약이다. 근육 계통 부작용, 대사 부작용 등이 있을 수 있기에 낮은 용량에서부터 서서히 높여가는 것이 좋다. 0.5, 1, 2, 3mg 제형이 있으며 용량 범위는 0.5~8mg이다. 0.5~1mg 단위씩 높여가길 추천한다. 3~4mg가 넘는 용량은 부작용 가능성이 높기 때문에 정신과 의뢰를 권한다. 약의 졸림 부작용을 수면에 도움을 받는 효과로 이용할 수 있는 쿼티아핀이라는 약도 있다. 졸림, 기립성 저혈압, 어지러움의 부작용이 있을 수 있다. 체중 증가의 가능성이 높고, 낮 시간 처짐의 부작용이 발생할 수 있기에 쿼티아핀의 효과를 어느 정도 경험한 후에는 점차 약을 줄여가는 것이 좋다. 12.5, 25, 100, 200, 300mg의 제형이 있으며 용량은 조현병의 경우 800mg까지 쓸 수도 있으나 보통 자기 전 시간에 12.5~200mg의 용량 범위 안에서 사용하게 된다.

고령 인구에 있어 항정신병약물은 절반 정도의 낮은 용량에서 시작해서 천천히 약을 증량시켜야 한다(Start low, go slow!). 이렇게 해야 부작용 발생의 위험성을 낮출 수 있다. 치매(dementia) 환자의 망상, 불안초조, 배회, 불면 등 행동심리증상(behavioral and psychological symptoms of dementia, BPSD)을 완화하기 위해 인지기능개선제가 이미 투여 중인 치매 환자에게 항정신병약물을 소량 조심스럽게 쓸 수도 있다. 하지만 미국 FDA에서는 치매 환자에게 항정신병약물을 지속 사용하는 경우 급성 뇌혈관질환의 가능성을 높이고 사망률도 높일 수 있기에 블랙박스 경고문을 표기한다. 치매환자의 경우 행동심리증상이 완화되면 항정신병약물도 서서히 감량을 해서 결국은 처방 종결(taper off)로 향하는 것이 좋다.

## : 치매(주요신경인지장애)

치매는 주요신경인지장애(major neurocognitive disorder)라고도 하며, 점진적이고 비가역적인 인지기능의 저하를 특징으로 한다. 인지 저하는 기억, 언어, 집중력, 추론 능력, 판단력, 시각 인지 중에서 두 영역 이상에서 나타날 수 있다. 사회적 및 직업적 기능의 손상을 수반하며, 이전의 기능 수준과 반드시 비교해서 판단한다. 때로 인격의 변화, 행동 이상, 정신과적 증후군, 운동 기능의 이상이 동반될 수도 있다. 치매의 원인은 다양하다 : 알츠하이머병(Alzheimer's disease), 혈관성 치매(vascular dementia), 루이체 치매(Lewy body dementia), 전두측두엽 치매(frontotemporal dementia), 파킨슨 치매(Parkinson's disease dementia) 등. 치매치료에서는 증후군의 증상을 확인하고 임상 검사를 통해 원인을 판별해야 한다. 15% 정도는 가역적이다. 가역적인 치매의 원인으로는 비타민 B12 결핍, 갑상선 기능 저하, 요독증, 우울증으로 인한 가성치매 등이 있다. 이들은 적절한 치료로 지적인 기능을 회복할 수 있다. 가능하다면 치료 초기에 신경과적, 정신과적 진단과 검사를 통해 원인을 살피고 적합한 치료를 진행하는 것이 좋다.

알츠하이머병은 치매 중에서 가장 흔하다. 단기 기억력 저하가 두드러지고 시간이 지남에 따라 악화된다. 실행 능력이 떨어질 수 있고, 언어 능력, 감정의 기복, 정신증적 양상 등이 나타날 수 있다. 약물치료로는 알츠하이머병의 경과를 드라마틱하게 역전시킬 수 없다. 인지기능 저하의 진행을 다소 늦추거나 약간의 돌이킴을 가져다줄 수는 있다. 치매를 조기에 발견해서 치료를 시작하면 5년 후 요양원 입소율이 55% 감소한다는 보고가 있다. 경도 내지 중등도의 알츠하이머병 치료제의 대표로 도네페질(donepezil)이 있다. 도네페질은 아세

틸콜린 분해효소의 활성을 낮추어 기억력, 사고력을 향상시킨다. 5, 10mg 제형이 있으며 5mg에서 시작하여 효과와 부작용 여부를 살펴 10mg까지 증량한다. 오심, 구토, 설사와 같은 부작용이 있을 수 있다. 도네페질의 요양급여 인정 기준은 간이정신진단검사(MMSE ; Mini Mental State Exam) 26점 이하 및 치매척도검사 CDR(Clinical Dementia Rating) 1~3점 또는 GDS(Global Deterioration Scale) stage 3~7이다. 메만틴(memantine)은 중증 치매의 치료제이다. 비경쟁적 NMDA 수용체 길항제로 작용하여 글루타메이트(glutamate)의 신경독성을 막는다. 5mg에서 시작해서 5mg 단위씩 높여서 최대 20mg(아침 10mg, 저녁 10mg)까지 사용한다. 어지러움, 두통, 변비와 같은 부작용이 발생하는지 잘 살펴야 한다. 메만틴의 요양급여 인정 기준은 MMSE 20점 이하 및 치매척도검사 CDR 2~3점 또는 GDS stage 4~7이다.

혈관성 치매는 두 번째로 흔한 치매로 뇌경색 혹은 뇌출혈로 인한 인지기능 저하로 계단식 악화가 특징이다. 알츠하이머병과 함께 발생하는 경우가 많고 알츠하이머병의 치료제인 아리셉트, 메만틴 등이 효과가 있을 수 있다. 고혈압, 고지혈증, 흡연, 당뇨병과 같은 심혈관 위험요인을 살피고 조절하는 것이 필요하다. 혈관성 치매가 의심되면 반드시 뇌영상 검사를 통해 뇌의 혈관성 병변을 확인하고 가역적인 경우 적절한 치료를 제공해야 한다. 루이체 치매는 뇌 피질에서 루이체 봉입(Lewy body inclusions)을 보일 수 있다. 특징적인 증상은 형태가 뚜렷하고 자세한 환시, 집중력 및 각성 등에서 인지기능의 변동, 서동증이나 손발떨림 혹은 팔다리의 강직과 같은 파킨슨 증상 등이다. 루이체 치매는 항정신병약물에 민감하게 증상악화를 나타내기 때문에 루이체 치매가 의심될 경우 행동심리증상이 있더라도 항정신병약물을 사용하지 말아야 한다. 도네페질의 투여를 통해 증상 호전을 기대할 수 있다.

환자와 돌보는 가족의 입장에서 '안전'은 반드시 고려되어야 한다. 위험한 행동이나 낙상을 예방할 수 있도록 집안에서의 환경 관리가 이루어져야 하고 환자가 집 밖으로 나가거나 환자의 불안도가 급격하게 높아지는 상황을 예방해야 한다. 화장실 안에 균형을 잡는 데 도움이 되는 기둥을 설치하거나 바닥 미끄러짐을 방지할 보조 도구를 설치할 수도 있다. 시간, 장소, 사람에 대한 지남력을 자주 잃을 수 있기에 이에 대해 종종 자주 알려줄 수도 있겠다. 일력, 월력을 사용하거나 요일 약통, 달력 모양 약통 같은 것을 활용해도 좋다. 음악, 미술, 애완동물을 활용한 레크리에이션 활동 및 안전한 환경 아래 적절한 신체활동 도모도 도움이 될 수 있다. 공감을 바탕으로 소통하고, 할 수 있는 기능을 스스로 할 수 있도록 하며, 불필요한 인지기능의 잦은 평가보다는 상황을 설명하고 안심시

켜주는 것이 좋다. 돌봄 제공자인 가족의 자기 돌봄도 중요하다. 가족 자신의 몸과 마음 상태를 살피고, 도움이 필요할 때는 주변 사람들에게 요청하고, 본인의 여가생활을 반드시 챙기도록 한다.

## : 물질 관련 장애의 대표, 알코올사용장애

마지막으로 S : Substance-related disorder(물질 관련 장애)를 살펴보겠다. 물질 관련 장애의 대표는 알코올사용장애(alcohol use disorder)이다. 2016년 대한민국 정신질환 실태조사에서 알코올사용장애의 평생유병률은 12.2%로 모든 정신질환 중에서 가장 유병률이 높았다. 다른 정신질환과 동반되어 나타날 가능성이 높으며, 알코올의 장·단기 영향은 우울증, 불안장애, 정신증과 같은 다른 정신질환의 양상을 나타내기도 한다. 알코올의 장기 사용은 내성(tolerance)를 발현하게 하고, 알코올 사용이 갑작스레 중단될 경우 불면증, 불안, 자율신경계의 항진과 같은 금단 증후군(withdrawal syndrome)이 나타나기도 한다. 알코올사용장애의 영향으로 직업 유지가 힘들 수 있고, 대인관계나 경제적인 혹은 법적인 어려움에 처할 수도 있으며, 치료 지속에도 어려움이 있을 수 있다. 알코올사용장애가 의심되는 환자를 만날 경우 알코올 사용의 양, 빈도, 술을 마시는 환경, 환자의 삶에의 영향, 과거 절주나

치료력 등을 살펴봐야 한다.

알코올사용장애 환자에 대한 치료적 개입에서 직면(confrontation)은 꼭 필요한 과정이다. 문제를 부인하는 환자의 감정을 뚫고 나가 알코올사용장애가 치료되지 않았을 때 어떤 부정적인 결과를 경험하게 될지 환자가 인식하게끔 하는 것이다. 여기에는 알코올이 삶에 대해 미친 악영향을 상기시키고 환자 스스로 자신의 행동에 책임이 있음을 납득시키는 과정이 포함된다. 환자가 주로 호소하는 어려움(예를 들어, 불면증, 성기능 저하, 우울, 불안 등)을 주의 깊게 듣고 이것이 음주 자체와 연관성이 있음을 설명하는 것도 도움이 될 수 있다. 절주가 환자의 어려움을 최소화할 수 있음에 대해 확신을 갖게 하는 것이다. 의사의 판단하지 않는 치료 태도와 지속적인 접근이 도움이 될 수 있다. 치료자의 끈기가 결국 치료 효과에 긍정적으로 작용할 수 있다.

술을 끊고자 할 때 단번에 끊기는 쉽지 않다. 금단 현상이 있을 수 있기 때문이다. 떨림(금주 6~8시간 후에 발생), 교감신경의 항진뿐만 아니라 심할 경우 망상, 환각 등의 섬망 증상(금주 후 8~12시간 후에 발생), 더 나아가 경련 발작(금주 12~24시간 후에 발생)까지도 있을 수 있다. 금단이 생기는 이유는 뇌가 술의 억제 작용에 적응이 되어 술이 몸에 남아있지 않을 때에 제대로 기능하지 못하기 때문이다. 금단을 최소화하기 위해 술과 교차 내성을 가진 벤조디아제핀 계열 항불안제를 사용할 수 있다.

금주 시작 첫날부터 처방을 시작하여 5일 동안 서서히 약을 끊으면 심각한 금단 증상을 예방하고 성공적인 금주를 달성할 수 있다. 주로는 임상 현장에서 간독성이 적은 로라제팜(lorazepam)을 사용한다. 첫날에는 로라제팜 1mg를 하루에 3~4차례 나누어 처방하고 환자가 잠들어 있거나 졸림을 느끼면 복용을 건너뛴다. 떨림이나 자율신경계 항진이 심하면 로라제팜 1mg을 추가로 복용하도록 한다. 첫 번째 필요한 약물 용량에서 하루에 20%씩 줄여가도록 하여 처방을 시작한 4~5일 후에는 금단 예방을 위한 처방을 중단한다.

음주 재발을 막기 위한 유지 약물치료는 오피오이드 길항제 날트렉손(naltrexone)이나 글루타메이트 및 NMDA 수용체 길항제 아캄프로세이트(acamprosate)를 사용할 수 있다. 날트렉손은 하루 1번 복용하는 편의성이 있으며 음주에 대한 갈망을 줄이는 데 효과적인 약이다. 하지만 심한 간 질환이 있는 경우 복용을 피해야 한다. 아캄프로세이트는 술, 벤조디아제핀 계열 약물, 날트렉손과 약물 간 상호작용이 없는 장점이 있지만 하루 3번 분복해야 하는 불편함이 있고 신장 기능 장애가 있는 경우에는 피해야 한다. 동반되는 정신질환을 감안하여 항우울제, 항정신병약물을 처방하는 것도 알코올사용장애 재발을 예방하는 데 도움이 될 수 있다. 알코올사용장애의 재활치료는 1) 금주 동기를 올리고 높은 수준으로 유지하기, 2) 알코올을 사용하지 않는 삶에 재적응하도록 돕기, 3) 재발 예방에 초점을 둔다. 이러한 과정은 지속되는 금단 증후군과 삶의 위기의 맥락에서 진행될 수 있다. 그래서 치료는 환자가 금주의 중요성을 계속해서 떠올리게 하고, 일상지지 체계와 대처 방식을 개발할 수 있도록 도와야 한다.

## : 나가며

왕진 시범사업에 참여 중인 의료기관에서 일하게 되면서 최근 몇 달 사이에 종종 방문진료를 나가는 경우가 생겼다. 적응적 행동의 어려움을 경험하는 발달장애 환자분들, 우울 감이 너무 심각하고 영양 및 위생 상태가 취약해서 집 밖으로 나올 수조차 없었던 우울증 환자분, 강압적 정신과 입원 치료 와 약물 부작용을 경험한 후에 정신과 치료에 대해 거부적이 며 폭력성까지 있던 조현병 환자분의 가족분들 상담과 같은 사례였다. 비록 많은 것을 해드릴 수는 없었지만 진료실에서 는 절대로 드릴 수 없는 작은 도움은 드릴 수 있었다.

방문진료는 의료를 넘어선 삶을 바라보게 한다. 환자분들, 당사자분들이 어떤 삶의 맥락에서 어떻게 주변 사람들과 상 호작용하고 있고, 어떠한 취약성과 어떠한 자원을 갖고 사는

지를 살필 수 있다. 당사자의 공간에 가서 당사자의 삶을 만
남으로써 그들을 조금 더 이해할 수 있을 것이다. 환자의 삶
속으로 기꺼이 들어가 그들의 몸뿐만 아니라 마음에도 작은
힘이 되고자 하는 빛나는 심장을 지닌 왕진 의사들에게 약간
의 도움과 힌트가 되길 바라며 글을 마친다.

:: **참고문헌** ::

국립재활원, 장애인 건강관리 사업, 2019.

보건복지부, 삼성서울병원. 『2016년도 정신질환 실태조사』, 2016.

보건복지부, 『2017년 장애인실태조사』, 2017.

American Psychiatric Association. *Diagnostic and Statistical Manual of Mental Disorders*, 5th ediction. American Psychiatric Publishing. 2013.

McCarron RM. *Primary Care Psychiatry*, 2nd edition. Wolters Kluwer. 2019.

Sadock BJ. *Synopsis of Psychiatry*, 11th edition. Wolters Kluwer. 2015.

# 식욕부진 환자에게
# 중요한 영양보충

송대훈 (연세송내과의원 의사)

"영양제 좀 놔주세요."

"저희 부모님이 식사를 못 하세요. 와서 좀 봐주세요."

방문 진료를 요청하는 사유 중에 환자가 식사를 제대로 못한다는 영양 관련 문제가 상당히 많다. 식사를 못 하는 이유도 다양한데 치아나 구강 내에 문제가 있어서, 음식을 삼키지 못해서 혹은 질병 때문이기도 하다. 혼자 사는 어르신의 경우 인지장애가 있거나 거동이 어려워 스스로 식사를 챙기기 어려워서 못 드시기도 하고 우울증 때문에 식욕을 잃어서 식사를 못하기도 한다. 식사를 못 하는 데에는 신체적, 심리적, 사회경제적인 다양한 요인들이 작용한다.

일반적으로 나이가 들면서 배고픔을 덜 느끼게 되고 식사량도 감소하지만 식욕부진이 지속되면 체중이 너무 감소하게 되고 장애나 사망으로 이어지기도 한다. 한 연구에 따르면 요양시설에서 식욕부진을 호소하는 입소자의 1년 이내 사망률은 정상적인 식욕을 가진 입소자에 비해 2배 이상 높은 것으로 나타났는데 식사량이 줄면서 근육이 감소하고 대사율도 떨어지면서 만성질환의 발병은 더욱 가속화된다.

### 1) 식욕부진의 평가

식사를 거의 못 하시는 상태가 며칠간 지속되었다면 식욕이나 영양상태의 평가보다는 탈수 상태에 대한 평가와 교정을 해야겠지만 만성질환으로 정기적인 방문의료서비스를 받는 경우에는 정기적인 식욕, 영양상태에 대한 평가가 필요하다. 체중을 측정할 수 있다면 방문 시마다 체중을 측정하면 되겠지만 체중을 재기 어려운 경우에는 복부둘레를 측정한다. 영양상태를 평가하는 도구 중에서는 간이영양평가(MNA : Mini Nutritional Assessment)가 대표적인데 축약형 간이영양평가(표 5-1)는 짧은 시간에 평가가 가능하기 때문에 활용하기 좋다. 점수가 11점 이하라면 문제가 동반될 가능성이 높다.

### 2) 식욕부진에 대한 대처

교정 가능한 원인을 찾고 교정하려는 노력이 필요하다. 특히 치과적 문제나 우울증 같은 심리적인 요인은 흔하지만 놓치기 쉽다. 신체활동 능력이나 근력 감소는 식욕부진의 결과이기도 하지만 원인이 되기도 해서 적절한 신체활동을 유지하는 것이 바람직하다. 비타민 D와 칼슘을 포함한 보충제를 투여하고 적당한 식사량 증가를 통한 체중증가를 유도한다. 식사를 대체할 수 있는 제품들(뉴케어, 그린비아 등)을 활용하거나 처방이 가능한 엔커버와 하모닐란을 처방하기도 한다. 엔커버와 하모닐란은 경관영양을 할 때에 보험적용이 되지만 경관영양을 하고 있지 않더라도 영양섭취 부족이 건강상 해가 될 것으로 판단될 때에는 하루 600mL까지 처방이 가능하다.

**약물요법**

① 식욕촉진제 : 메게스테롤 아세테이트는 프로게스테론 합성유도체로 노인에게서 식욕을 자극하는 효과를 기대해 볼 수 있는데 8주 이상 사용 후에도 효과가 없다면 체액저류나 정맥혈전색전증의 위험이 증가할 수 있다. 1세대 항히스타민제인 사이프로헵타딘은 상품명 트레스탄에 포함되어 있는 성분으로 세로토닌 길항작용을 가지고 있어 식욕부진 환자에게 자주 처방되지만 항히스타민제의 진정, 어지러움, 추체외로 증상 및 섬망 등의 부작용 발생 가능성이 있어 노인에게서는 처방 금기로 되어 있다.

② 기타 약물 : 일반적으로 처방하는 스테로이드인 글루코 코르티코이드는 지방을 축적하고 식욕을 증가시켜 체중증가 효과를 볼 수 있지만 장기간 사용하면 골다공증, 소화성 궤양, 감염, 내분비 교란 등을 야기시킬 수 있다. 세로토닌 재흡수 억제제 같은 항우울증 약제도 식욕 상승을 기대해 볼 수 있는데 우울증이 없는 노인에게서는 권하지 않는다. 위장관 운동촉진 제들도 위장관 운동성이 떨어진 환자에게서 위 배출속도를 높여 식욕을 증가시키는 효과를 기대해 볼 수도 있다.

**영양 지원**

여러 시도에도 불구하고 경구로 영양섭취가 불충분한 심한 영양 결핍 상태에서는 다른 방식의 영양 지원을 고려해야 한다. 이때 영양 지원 방식은 기저질환과 중증도, 환자의 선호도, 환경 등을 고려하여 결정해야 한다. 가능하다면 장관영양을 하는 것이 좋지만 1~2주 이내의 단기적인 지원이 필요하다면 정맥을 통한 수액 공급을 시행할 수 있다. 그 이상의 기간이 필요하다고 예상되면 비위관(L-tube)을 사용하고 1달 이상이 될 것 같으면 위루관(G-tube)을 삽입하는 것이 좋다.

방문의료 현장에서 비위관 영양공급을 시작하게 되거나 비위관을 가지고 있는 환자를 만난다면 영양공급 방법 및 비위관 관리 방법 등을 보호자에게 교육해야 한다.

## [ 간이영양평가 Mini Nutritional Assessment-short form ]

날짜 :

이름 :

나이/성별 :

키/몸무게 :

① 지난 3개월 동안에 밥맛이 없거나 소화가 잘 안 되거나 씹고 삼키는 것이 어려워서 식사량이 줄었습니까?

☐ 0 = 예전보다 많이 줄었다.

☐ 1 = 예전보다 조금 줄었다.

☐ 2 = 변화 없다.

② 지난 3개월 동안 몸무게가 줄었습니까?

☐ 0 = 3kg 이상의 체중 감소

☐ 1 = 모르겠다

☐ 2 = 1kg에서 3kg 사이의 체중 감소

☐ 3 = 줄지 않았다.

③ 집 밖으로 외출할 수 있습니까?

☐ 0= 외출할 수 없고, 집안일도 하지 않고 누워서 생활한다.

☐ 1= 외출할 수는 없지만 집에서는 활동을 할 수 있다.

☐ 2 = 외출할 수 있다.

④ 지난 3개월 동안 많이 괴로운 일이 있었거나 심하게 편찮으셨던 적이 있습니까?

☐ 0 = 예      ☐ 1 = 아니오

⑤ 신경 정신과적 문제

☐ 0 = 중증 치매나 우울증

☐ 1 = 경증 치매

☐ 2 = 특별한 증상 없음

⑥ 체질량지수 BMI=체중(kg)/키(m)$^2$

☐ 0 = 19 이하

☐ 1 = 21 이상, 23 미만

☐ 2 = 19 이상, 21 미만

☐ 3 = 23 이상

⑦ 평소에 어르신 댁에서 생활하십니까?

☐ 0 = 예      ☐ 1 = 아니오

⑧ 매일 3종류 이상의 약을 드십니까?

☐ 0 = 예      ☐ 1 = 아니오

⑨ 피부에 욕창이나 궤양이 있습니까? 심하게 편찮으셨던 적이 있습니까?

☐ 0 = 예      ☐ 1 = 아니오

⑩ 하루에 몇 끼의 식사를 하십니까?

☐ 0 = 1끼

☐ 1 = 2끼

☐ 2 = 3끼

⑪ 단백질 식품의 섭취량

- 우유나 떠먹는 요구르트, 유산균 요구르트 중에서 매일 한 개 드시는 것이 있습니까?

☐ 예      ☐ 아니오

- 콩으로 만든 음식(두부 포함)이나 달걀을 일주일에 2번 이상 드십니까?

☐ 예      ☐ 아니오

- 생선이나 육고기를 매일 드십니까?

☐ 예  ☐ 아니오

('예'가 0~1개면 0점 / 2개면 0.5점 / 3개면 1점)

⑫ 매일 3번 이상 과일이나 채소를 드십니까?

☐ 0 = 예  ☐ 1 = 아니오

⑬ 하루에 몇 컵의 물이나 음료수, 차를 드십니까?

☐ 0.0 = 3컵 이하
☐ 0.5 = 3~5컵 사이
☐ 1.0 = 5컵 이상

⑭ 혼자서 식사할 수 있습니까?

☐ 0 = 다른 사람의 도움이 항상 필요하다.

☐ 1 = 혼자 먹을 수 있으나 약간의 도움이 필요하다.
☐ 2 = 도움 없이 식사할 수 있다.

⑮ 어르신의 영양상태에 대해 어떻게 생각하십니까?

☐ 0 = 좋지 않은 편이다.
☐ 1 = 모르겠다.
☐ 2 = 좋은 편이다.

⑯ 비슷한 연세의 다른 할아버지, 할머니들과 비교해 봤을 때 어르신의 건강상태가 어떻습니까?

☐ 0.0 = 나쁘다.
☐ 0.5 = 모르겠다.
☐ 1.0 = 비슷하다.
☐ 2.0 = 자신이 더 좋다.

---

**22점 이상** : 정상  |  **15~21.5점** : 영양 불량 위험  |  **14.5점 이하** : 영양 불량

자료출처 : research and practice in the elderly, Karger, 1999.

# 가정에서
# 안전한 수액치료

정혜진 (우리동네30분의원 의사)

방문진료에서 흔히 받는 요청은 "링거 한 대만 놔주세요."이다. 집에서 지내시던 분이 어느 날부터 식사를 제대로 못 하시고 몸이 약해지면서 못 일어나게 되셨는데 이 상황에서 병원에 가야 하나 어찌해야 하나 고민하던 중 건너 건너 수액을 놔주는 의사가 있다는 소문을 듣고 연락을 해오는 것이다. 방문진료가 잘 알려지지 않기도 하고 의사가 와서 해줄 수 있는 것이 무엇인지 잘 상상되지도 않다 보니 가족 입장에서는 진료를 봐줄 수 있냐는 문의보다는 다짜고짜 수액을 놔줄 수 있느냐는 문의를 하게 되는 것이다. 아마도 오랜 시간에 걸쳐 만들어진 의료서비스를 이용하는 방식이 방문의료까지 연장되는 것이겠지만 이 부분에 대해서는 다른 기회에 얘기해 보도록 하겠다.

수액을 요청하는 가족들에게 방문진료에 대해 이런저런 설명을 하고 막상 방문을 하면 실제로 수액치료를 하게 되는 경우가 대부분이다. 물론 수액치료 외의 진찰과 검사, 상담 등도 이루어지지만 수액을 요청하는 경우 최소 며칠간 식사를 제대로 못 해 탈수되어 있는 경우가 많기 때문에 수액치료를 포함한 진료를 하고 이후 적절한 처방을 내리거나 병·의원으로 이송을 권하는 경우도 있다. 물론 수액에 대한 언급 없이 진료를 요청한 경우에도 수액치료를 하게 되는 경우가 있다. 방문진료 현장에서 처음 수액치료를 했을 때엔 운이 좋게 전용 침대와 수액 걸이까지 완비되어 있는 환경이었는데, 두 번째 수액치료를 할 때엔 침대도, 수액 걸이도, 심지어 그 흔한 옷걸이도 없는 집이어서 당황했던 기억이 난다. 방문진료 현장에서 수액치료를 할 때 어떤 것들을 주의해야 하고 준비해야 하는지 얘기해 보려고 한다.

## 1) 준비물

① 기본적으로 N/S과 5DW 2가지에 주로 보는 환자군의 컨디션에 따라 준비해 둔다. 필자의 경우 일명 영양수액이라고 불리는 아미노산 수액치료는 방문진료에서는 잘하고 있지 않

지만 요청하는 가족들이 많아서 현장에서 판단해서 진행하시길 바란다.

② angiocath : 선호하는 굵기의 것으로 실패를 대비해 여러 개 준비한다.

③ 반창고 : 고정용으로 필요하다.

④ 수액 세트 : 파손을 우려해서 2개 이상 항상 준비한다.

### 2) 수액치료의 종료

① 수액치료가 끝나고 카테터를 제거하는 일을 방문의료팀이 할 수 있는 구조라면 완벽하겠지만 일반적으로는 그렇게까지 하기 어렵다. 하지만 막상 카테터를 제거하는 과정에서 사고가 발생하면 방문의료팀에서 책임져야 할 수 있기 때문에 이 부분은 상당히 조심스럽게 진행해야 한다. 일반적으로 수액치료를 많이 경험한 요양보호사나 가족이 있는 경우에는 카테터 제거를 능숙하게 해내지만 대부분 경험이 없다 보니 잘 교육해야 한다.

② 수액이 끝나는 시간 안내 : 우선 이 수액이 몇 시간 동안 들어가는지 안내해야 한다. 30gtt 기준으로 500mL짜리 수액이 들어가는 데에 5~6시간가량 소요된다. 이 부분은 수액치료를 하고 있는 의료인들이라면 이미 잘 이해하고 있는 부분이어서 자세한 내용은 생략하겠다.

③ 카테터 빼는 방법 교육 : 아무리 말로 설명해도 막상 하려고 하면 기억나지 않는다고 하는 분들이 많아서 필자는 아래와 같이 메모를 해준다.

1. 알코올 솜과 밴드를 준비한다.
2. 조절기를 아래 방향으로 내려 수액을 잠근다.
3. 붕대가 감겨 있다면 붕대를 먼저 풀어낸다.
4. 바늘이 들어간 부위를 왼손으로 잡고 오른손으로 반창고를 뗀다.
5. 왼손으로 알코올 솜을 잡고 카테터가 들어간 부위를 살짝 누른다.
6. 오른손으로 카테터를 뽑는다.
7. 알코올 솜으로 3분 이상 압박 지혈을 진행한다. (이때 절대 문지르지 않고 누르기만 해야 한다.)
8. 밴드에이드를 붙여준다.

④ 대부분 가정에는 카테터 제거에 필요한 알코올 솜이나 밴드가 없기 때문에 미리 제공해 주는 것이 좋다.

### 3) 폐기물의 처리

방문진료에서 나오는 각종 폐기물들에 대한 가이드가 명확하지 않은 상황이다. 모두 생활폐기물로 처리해도 된다고는 하지만 필자의 경우엔 바늘이나 메스날같이 날카로운 것들은 챙겨와서 병원에서 폐기하고 나머지는 생활폐기물로 처리하라고 두고 나온다.

# 가장 인간적인 돌봄의 시작,
# 구강위생 활동

정민숙 (치과위생사, 보건교육사 2급)

## 1) 방문하여 만나는 사람들의 입안

아픈 사람들의 입안 관리는 어떻게 해야 할까? 사람들은 몸
이 아파도 입을 통하거나 위장에 직접 관을 연결하여 음식물
을 섭취하지만, 현장에 갈 때마다 입안 관리는 제일 먼저 포기
하거나 우선순위에서 뒷부분에 위치하는 일임을 확인한다. 이
를 닦고, 잇몸을 닦고, 입천장과 볼 점막을 닦는 일은 환자나
간병인에겐 무척 어렵고 힘든 일이고, 치과와 관련되지 않은
분들에게는 '음식물을 스스로 섭취함'이란 사실의 확인 그 이
상은 그다지 환자들에 대한 확인사항이 아닌 것 같다.

여러 가지 많은 이유로, 방문의료를 선택하는 환자들에게 치과의원을 방문하여 치석을 제거하거나 다른 처치를 받고 오라는 이야기를 꺼내기도 어려울 뿐더러, 거주 공간 밖으로 이동하는 것조차 불가능하신 분들도 많다. 그런 분들에게 치과를 방문하여 진료를 받는다는 것은 다른 나라의 이야기다.

이런 환자들의 구강 관리를 위해 필요한 조치사항을 간단히 요약하면,

· 입안을 깨끗하게 닦아 세균증식을 막고,
· 잇몸에 출혈이 나면 모세혈관을 통해 입안 세균들이 몸 안으로 침투하여 다른 질환의 염증수치를 올리는데, 그러지 않도록 잇몸 주위를 잘 닦아서 출혈이 되지 않도록 해야 하며,
· 흡인성 폐렴을 방지하기 위해서는 깨끗한 침과 음식물이 식도로 들어가도록 구강근육의 근력을 기르는 '입으로 시계소리 내기'나 '잘 삼키는 힘을 길러 주는 입체조'라도 연습하고,
· 이도 저도 어려운 상황이면 혀라도 잡아서 움직여 주면 좋다.

## 2) 입술을 벌려 입안을 눈으로 보며 닦아줄 수 있도록 하는 구강근육 마사지법

입을 꼭 다물고 있는 사람의 입을 강제로 벌려서 구강을 닦기란 어렵다. 입을 벌려 협조해도 어두운 동굴 같은 입안을 자세하

게 들여다보면서 닦는 것도 쉬운 일이 아니다. 또 기력이 떨어진 사람일수록 입안의 어느 한 부분을 건드리면 위산액이 넘어오는 반응이 나타날 수 있고, 가래가 목구멍 주위 부분에 가르릉거리고 있을 때 가래를 안전하게 제거하기도 매우 어렵다.

입안에 유해세균이 많을수록 침이 마치 강철 거미줄처럼 끊어지지 않아 닦아 주기 어렵고, 콧줄이나 뱃줄을 사용하여 구강으로 음식물을 섭취하지 않는 사람의 입안을 닦아 주다가 침이 고이면 혹시 침이 기도로 흡입될까 두렵기도 하다.

깨끗하지 않은 입안은 대변이 가득한 기저귀를 보는 것처럼 비위가 상해 제대로 간병하기 힘든 이유가 되기도 한다. 이런 곤란한 상황들을 조금이라도 개선하기 위해 고안한 방법이 바로 구강근육 마사지법이다.

치매노인이나 장애인들의 입안을 닦아주려고 할 때 완강하게 거부하거나 손가락이나 기구를 물어버리려고 공격하는 경우가 많다. 이런 사람들을 만날 때마다 '어떻게 하면 입안에 타인의 손이 들어가도 아프거나 무섭지 않다는 경험을 만들어 줄 수 있을까? 입안이 깨끗해지면 얼마나 개운한지 스스로 느끼면 구강위생 관리할 때 협조를 잘할 수 있고, 그 정도로 협조가 가능하면 굳이 수면마취를 하고 치과치료를 받지 않아도 될 텐데…….'라는 고민을 많이 했었다.

치과위생사들이 배우는 구외 마사지와 구내 마사지 방법을 시도해도 입을 벌리지 않는 사람들에겐 무용지물이라 오랜 시간을 들여 연구했다. 그 결과 구강 외부와 내부의 근육을 동시에 잡고 이완시키는 방법을 고안했다. 효과는 놀라웠으며 방법도 그리 어렵지 않다. 이 방법을 다른 방법과 구분하기 위해 이름을 붙여 명칭을 만들었다. '정민숙구강내외마사지법', 또는 '입근육마사지'.

입안 관리가 너무나 어려운 사람들은 이 마사지 방법을 일주일만 실천해도 입안에 칫솔 집어넣어 닦는 다음 단계로 넘어갈 수 있다. 구강 내·외 근육을 동시에 마사지하여 근육을 유연하게 만들면 침샘을 자극하여 구강 내 볼과 입술 점막이 촉촉해진다. 그때 손가락을 집어넣어 구내 마사지를 하거나 입안의 틀니를 빼기도 수월하고 칫솔질도 쉽다. 근육이 유연해져서 시야 확보가 쉽기 때문이기도 하다.

[ 그림 1. '정민숙구강내외마사지법' 손으로 잡는 위치와 방향 ]

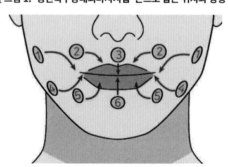

출처 : 이선규, 정민숙, 『구강건강교육 현장 이야기-구강 관리가 어려운 장애인과 노인의 사례를 중심으로』, 도서출판 좋은땅, 2021.

보건복지부와 대한구강보건협회에서 [정민숙구강내외마사지법 = 입근육마사지]하는 방법을 동영상으로 제작하여 국민들에게 제공하고 있다. 위 그림에 나오는 지점을 손가락으로 잡으면 그림과 같다. QR코드를 스캔하면 영상으로 마사지하는 방법을 직접 보면서 따라 할 수 있다.

**[ 그림 2. 2020 노인구강보건교육 자료 ]**

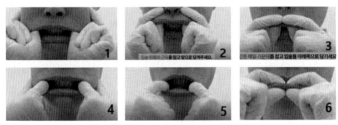

출처 : 대한구강보건협회 구강 내외 마사지 동영상에서 캡처

**[ 그림 3. 2020 노인구강보건교육 자료–구강 내외 마사지 동영상 QR코드 ]**

### 정민숙구강내외마사지법(입근육마사지)
대한구강보건협회 제작. QR코드를 스캔하세요.
[2020 노인구강보건교육 자료 – 구강 내외 마사지]

출처 : 대한구강보건협회 구강내외마사지 동영상

### 3) 입안을 부드러운 거즈나 특수 부직포, 스펀지 브러쉬로 닦아주기

타인의 입안에는 내 검지를 이용하는 방법이 좋다. 시중에 영아의 구강 관리를 위해 손가락에 끼워서 사용하는 골무 형태의 제품들이 있는데, 개별 포장이 된 제품도 있고, 수분이 함유되어 물티슈처럼 한 개씩 따로 꺼내서 사용하는 제품도 있다. 타액을 잘 빨아들이는 형태의 스펀지에 손잡이가 달린 스펀지 브러쉬도 인터넷에서 손쉽게 구매할 수 있다.

입안을 닦는 용도로 사용할 때는 물을 적신 후 살짝 짜서 물방울이 떨어지지 않는 상태에서 사용하기도 하고, 입안에 고인 타액이나 가래를 제거할 때는 마른 상태의 스펀지 브러쉬를 이용하기도 한다. 잇몸, 볼 점막, 입천장, 혀, 입술 점막 등 모든 부위를 닦을 수 있고, 입안의 가래도 간단하게 제거할 수 있다. 구강 위생 관리를 깨끗하게 하다 보면, 가래가 점점 묽어져서 가래를 제거하기가 점점 쉬워지기도 한다. 어느 제품을 사용해도 상관없으나 가격이 저렴하지는 않으니 경제적인 상황을 고려하여 제품을 선택하면 좋다.

**[ 그림 4. 손가락 골무형 특수 부직포 형태의 제품 ]**

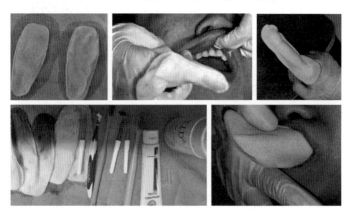

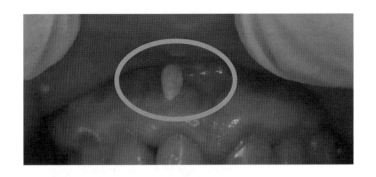

  검지에 끼워 입안 구석구석을 닦아주기 쉽다. 입안의 타액 흡수가 쉬워서 가래 제거도 용이하다. 구강위생활동을 할 때 여러 개를 사용하여 잇몸출혈이 발생하면 그 부위를 닦아 가며 활동 가능하다. 입안에 침이 가득 고이는 상태를 방지할 수도 있다. 어떤 제품을 사용하더라도 첫 순서는 입안 제일 뒷부분에서 앞쪽으로 닦는 것이 안전하다. 자칫 잘못하여 기도나 식도로 무엇인가 넘어가지 않도록 입안 뒤쪽에는 오래 머물지 않는 것이 좋다.

  임종이 가까운 환자분이라도 입안을 깨끗하게 닦아주는 일을 게을리하지 않았으면 한다. 입안을 닦아 주지 않는 것은 변이 묻어 있는 기저귀를 그대로 두는 것과 비슷하며, 식사 후 먹고 난 식기를 설거지하지 않고 그 식기를 재사용하는 것과 비슷하다고 생각한다. 구강은 세균증식이 가장 왕성하게 일어나는 장소이다. 방문의료 현장에 갔을 때, 뭔가 먹고 나서 입안을 누군가 닦아주는지, 스스로 닦고 있는지, 입안 상태가 음식을 먹을 수 있는 상태인지 아닌지 정도는 점검하고 활동을 진행하면 풀리지 않던 문제들의 실마리를 발견할 수도 있다.

[ 그림 5. 스펀지 브러쉬 ]

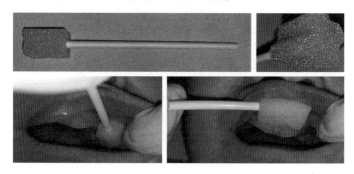

스펀지 브러쉬에는 여러 종류가 있다. 물에 적셔 사용하거나 마른 상태에서 타액을 흡수하면서 칫솔질을 하면 타액을 뱉어내지 못하는 환자의 입안을 닦아낼 때 좋다. 모두 1회용 제품들이다. 입안 상태를 스마트폰으로 한 장이라도 촬영한 후, 치과의사나 치과위생사와 함께 의논하여 문제를 파악하는 것도 환자의 기력 회복과 일상생활 복귀, 집안에서 풍기는 악취의 원인(집안이나 방안에서 나는 악취의 원인 중 하나가 구취다.) 제거 등에 도움이 될 수 있다.

## 4) 치아 사이와 치아와 잇몸 사이 닦아주기

입안이 말라 있으면 입천장이나 입안 구석에 무엇인가가 말라붙어서 마치 딱지처럼 붙어 있는 경우도 있다. 입근육 마사

지나 잇몸마사지를 한 후 수분이 있는 거즈로 살짝 닦아준 후 1~2분 기다리면 딱딱하게 마른 미역을 물에 불린 것처럼 수분을 흡수한 이물질이 살짝 부드러워진다. 그때 입안을 닦아주면 좋다.

건더기가 없는 음식을 섭취하면 치아와 치아 사이, 치아와 잇몸 사이, 치아에 충치 발생이나 심한 마모나 교모로 구멍이 생긴 부위 등 입안의 모든 틈새와 웅덩이에 그 음식물이 고인다고 생각하면 된다. 형태가 있는 음식을 먹었을 때는 유난히 음식물 찌꺼기가 잘 끼는 부위가 있다. 실오라기처럼 생긴 음식물 찌꺼기가 쐐기처럼 치아 사이에 박혀서 잇몸 밑으로 내려가면, 그 부위에 잇몸염증이 생기고, 염증으로 잇몸이 부풀어오르면 음식물 찌꺼기가 보이지 않을 때도 있다.

입안에 보철물이 있는데 제대로 관리하지 못하면, 보철물과 잇몸 사이에 충치가 생겨 빈 공간이 만들어진다. 그 부위에 찌꺼기가 박히면 잇몸에 염증이 생겨 부풀어오른다. 그 부위에 치간칫솔을 집어넣어 치아 사이를 통과시켜야 음식물 찌꺼기와 염증 덩어리 등이 빠지는데, 환자는 건드리기만 해도 아프다고 하고 고여 있는 염증 덩어리는 피처럼 흘러나오니, 간병인들 대부분은 겁이 나서 더 이상 그 부위를 건드리지 않는다. 악순환이 진행되는 것이다.

유해 세균들이 그런 물질에서 증식하면서 악취를 내뿜는데,

마스크를 쓰고 있어도 그 냄새는 너무 고약하여 그 공간에 있는 사람들을 견딜 수 없게 만든다. 입술을 다물고 있을 때 자신의 구취를 제일 먼저 맡는 사람은 당사자이며, 환자분의 폐로 들어가는 그런 공기의 흡입이 건강에 좋을 리가 없다.

수면 중에 지저분한 입안 세균들이 가득한 타액을 환자가 삼킬 때 기도로 들어가면 흡인성 폐렴이 발생할 수 있다고 한다. 어떤 상황에서든 구강위생 관리를 포기하면 안 되는 이유다.

주무시다가 흔들리는 치아가 빠진 경우도 있다. 잠만 자고 있는데도 치아가 빠지는 경우는 욕창과는 다르지 않은가? 한센병이 있는 사람의 손가락이나 발가락 일부분이 떨어져 나가도 당사자는 고통을 느끼지 못하는 것과 유사하다고 생각한다. 입안 관리를 빼고 다른 전신질환을 관리하는 것은, 불건강에서 건강으로 변화하는 과정에서도, 또는 평안한 임종을 맞이하는 과정에서도 온전한 관리는 아니라고 생각하는 이유다.

### 틀니 관리

치아가 세 개뿐이고 위아래 틀니를 사용하는 모 씨는 양손에 장애가 있어 스스로 틀니를 끼거나 뺄 수 없으며, 칫솔도 잡을 수 없다. 활동지원사와 사회복지사가 모 씨의 거주지로 출근하여 아침에 틀니를 입안에 끼워 주고, 식사 후 틀니를 입안에서 뺀 후 닦아 주고 입안 칫솔질도 해준다. 그리고 다시 틀니를 입안에 끼워서 낮 시간 동안 활동할 때 얼굴 형태가 무너지지 않게 하고, 발음할 수 있도록 도와준다. 저녁식사 후 활동지원사나 사회복지사가 퇴근하기 전에 모 씨의 틀니를 빼서 닦아 물속에 보관하고, 입안 치아도 닦아 준다. 수면 중에는 틀니 없이 편안하게 자고 있다고 한다. 그분은 식사도 그런대로 하고, 입안에 아픈 곳이 없으니 얼굴 표정도 밝고 스트레스 지수도 낮았다.

무조건 입안에 손가락을 넣지 말고 구강근육마사지를 한 후에 틀니를 빼서 세척하고 입안을 관리한다.

- 치아가 하나도 없으면 잇몸과 점막을 닦아 준다.
- 치아가 있으면 잇몸과 치아 경계부위, 치아와 치아 사이까지 세심하게 닦아 준다.
- 잇몸에서 피가 나면 그 부위에 염증이 있다는 신호이니, 건드리면 더 아플 것이라고 생각하지 말고 더 세심하게 닦아야 한다.
- 기도로 타액이 잘못 넘어가면 흡인성 폐렴이 발생할 수 있으니, 얼굴을 옆으로 돌린 상태에서 관리해야 안전하다.

## [ 그림 6. 틀니 닦기 전과 후 ]

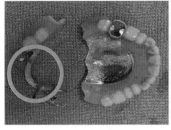

▲ 틀니 닦기 전                   ▲ 틀니 닦기 후

세균은 틀니에도 서식하고 증식하며, 치석 상태로 틀니에
부착한다. 닦기 전과 후에 틀니의 반짝거리는 상태가 다르다.
입에서 뺀 틀니는 무조건 물에 담가서 보관한다.

## [ 그림 7. 구강 건강교육 틀니 관리 동영상 ]

출처 : 안산의료복지사회적협동조합-구강 건강교육 틀니 관리 동영상 캡처

## [ 그림 8. 틀니 관리 동영상 QR코드 ]

**틀니 관리 영상-QR 코드(아래 2개의 동영상 모두 시청 가
능)를 스캔하세요.**
① 알아두면 쓸모 있는 돌봄 교육-10. 구강 건강교육
   틀니 관리(출처 : 안산의료복지사회적협동조합)
② 2020 노인구강보건교육 자료 – 틀니 관리
   (출처 : 보건복지부 및 대한구강보건협회)

## 틀니 닦는 세 가지 방법

틀니 관리하는 방법을 제대로 몰라서 음식물 찌꺼기나 치석을 제거하지도 않은 틀니를 잘 때도 끼고 자는 어르신들이 있다. 잇몸은 퉁퉁 부어 있고, 손가락으로 만지기만 해도 아파서 제대로 씹을 수도 없어 물에 말아 후루룩 삼키듯이 식사를 한다. 틀니 닦는 세정제나 전용 치약이 있지만 경제적인 부담 때문에 사용하기 어려운 사람도 있어, 각자의 상황과 조건에 맞는 방법으로 관리할 수 있도록 세 가지 방법을 소개한다.

① 주방세제를 희석하여 틀니 세척

주방세제 한 방울을 물에 희석한 후 칫솔에 묻혀, 물을 담은 손 바가지 위나 수건 위에서 닦는다. 손에서 미끄러져 떨어진 틀니는 가장자리가 쉽게 깨지고, 그러면 그 부분이 날카롭게 된다. 이제 틀니의 깨진 부분은 잇몸에 흉기가 된다. 평소에 그런 깨진 틀니를 사용하는 어르신들과 장애인들이 의외로 많다. 깨지지 않게 닦는 것이 무엇보다 중요하다. 칫솔로 문질러 닦은 후 물로 깨끗하게 헹구고 찬물을 담은 깨끗한 용기에 보관한다.

② 틀니 세정제 이용하기

틀니가 충분히 잠기도록 용기에 물을 준비하고, 틀니 세정제 한 알을 집어넣은 후 틀니를 넣는다. 5분 지나면 바로 꺼내서 솔로 닦은 후 물로 깨끗하게 헹구고 찬물을 담은 깨끗한 용

기에 보관한다. 역시 틀니를 떨어뜨려 깨뜨리지 않도록 주의
해야 한다. 밤새 담가두는 틀니 세정제도 있는데, 틀니 변색에
좋은 효과가 있다고 한다. 사용설명서를 잘 읽고 내용대로 하
면 된다.

**[ 그림 9. 틀니 세정제 사용방법 ]**

③ 틀니 전용 치약 사용

칫솔에 틀니 전용 치약을 묻혀 수건 위나 물 위에서 닦는다.
역시 틀니를 떨어뜨려 깨뜨리지 않도록 주의해야 한다.

**[ 그림 10. 틀니 전용 치약으로 닦는 방법 ]**

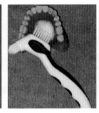

④ 틀니 보관

용기는 깨지기 쉬운 유리 제품을 제외하면 어떤 것이든 상관
없다. 잘 때는 입안에서 뺀 후 깨끗하게 세척하여 찬물을 담은

용기에 담가 보관한다. 틀니가 물 밖으로 나오지 않도록 충분히 물을 담는다. 뚜껑이 있으면 더욱 좋다.

**[ 그림 11. 틀니 보관 ]**

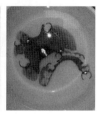

⑤ 틀니 관리용품 보관

틀니 칫솔과 틀니 보관통에 곰팡이가 생기지 않도록 사용하지 않을 때는 물기 없이 보관해야 한다.

⑥ 틀니 관리할 때 주의사항

틀니는 착용하여 입안에 있을 때는 침으로 촉촉하게 젖어 있어야 한다. 입에서 빼낸 틀니는 찬물을 담은 깨끗한 용기에 넣어 두거나 젖은 휴지로 덮어 마르지 않도록 해야 한다. 치약으로 닦으면 틀니에 상처(미세한 흠집)가 발생하니 절대로 하지 말아야 하고, 떨어뜨려서 깨지지 않도록 주의해야 한다. 시간이 지나 잇몸이 수축하면 틀니가 입안에서 고정되지 않으니 치과를 방문하여 수리해야 한다. 치과 방문이 어려우면 약국에서 판매하는 '의치부착제'를 이용할 수도 있다.

**[ 그림 12. 깨진 틀니와 삶아서 변형된 틀니 ]**

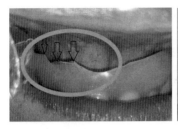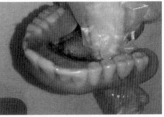

틀니 가장자리가 깨져 있어 날카롭다. 점막에 깨진 부위가 닿으면 상처가 생긴다. 뜨거운 물에 삶아 틀니 전체가 오그라들고 앞니와 송곳니 모양이 변형되어 있다. 틀니 사용자가 반드시 지켜야 할 사항은 아래와 같다. 당연한 얘기 같지만, 틀니에 하지 말아야 할 것을 하시는 분들을 심심치 않게 본다.

· 뜨거운 물에 삶지 말기

· 락스로 소독하지 말기

· 자외선 살균 소독기에 넣지 말기

· 잘 때는 빼놓고 잇몸 마사지하기

· 잘 때는 찬물을 담은 깨끗한 용기에 보관하기

⑦ 변형된 틀니 사용

뜨거운 물에 삶아서 변형된 틀니를 사용하는 어르신은 틀니를 새로 만들었는데도 식사할 때는 본인에게 익숙한 변형된 틀니를 사용한다. 맞지 않는 틀니로 식사를 하면 식사 후에는 턱이 무척 아프다고 한다. 치과를 방문하여 새 틀니를 조정하여 잘 쓸 수 있도록 하셔야 한다고 안내하였으나, 치과가 너무 멀어 식사할 때는 여전히 이 변형된 틀니를 사용하신다.

**구강위생관리**

① 칫솔질

칫솔질 방법, 칫솔 고르는 방법과 치약 사용량. 보다 자세한 내용은 아래 QR코드를 스캔한 후 영상으로 확인한다.

**[ 그림 13. 보건복지부 및 대한구강보건협회 제작 – 칫솔질 ]**

출처 : 보건복지부 및 대한구강보건협회 제작 칫솔질 동영상 캡처

**[ 그림 14. 보건복지부 및 대한구강보건협회 제작 2020 노인구강보건교육 자료 – 칫솔질 ]**

**칫솔질-QR코드를 스캔하세요.**
보건복지부 및 대한구강보건협회 제작
2020 노인구강보건교육 자료 – 칫솔질

② 치간칫솔

잇몸에서 피가 나면 치간칫솔로 치아 사이를 닦은 후 부드러운 칫솔로 치아와 잇몸 사이를 잘 닦아 주면 잇몸 회복에 도움이 된다. 특히 치간칫솔을 잘 사용하면 잇몸주머니에 고여 있던 덩어리 염증을 제거할 수 있다. 치과를 방문하여 치석을 제거해야 근본적인 원인을 제거할 수 있겠지만, 치간칫솔 사용으로 잇몸출혈의 상태는 감소시킬 수 있다.

**[ 그림15. 안산의료복지사회적협동조합 – 치면세균막 관리 영상 치간칫솔 사용 ]**

출처 : 안산의료복지사회적협동조합–치면세균막 관리 영상 치간칫솔 사용 캡처

자세한 내용은 아래 QR코드를 스캔하여 확인한다.

**[ 그림 16. 안산의료복지사회적협동조합 – 치면세균막 관리 동영상 ]**

**치면세균막 관리-QR코드를 스캔하세요.**
안산의료복지사회적협동조합 제작
9. 구강건강교육 – 치면세균막 관리

칫솔질과 치간칫솔 사용만으로도 잇몸출혈 상태를 호전시킬 수 있다. 원주의료복지 사회적협동조합 방문의료팀의 방문구강사업 참여자인 정신장애인이 이 의료서비스를 받고 있는데, 잇몸 속에 고여 있던 염증이 덩어리 상태로 치간칫솔에 딸려서 나왔다. 제거하고 나니 그 순간 엄청 시원한 얼굴 표정을 지었다. 구취도 감소했고, 칫솔질도 더 열심히 하겠다는 동기부여도 주었다.

[ 그림 17. 원주의료복지사회적협동조합 방문구강사업 – 치간칫솔 구강위생 관리 활동 ]

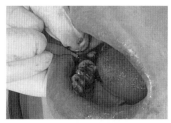

각기 두께가 다른 5개의 치간칫솔을 사용하여 모든 치아 사이의 치면세균막을 제거한다. 치간칫솔에 딸려 나온 잇몸주머니 속에 있던 염증 덩어리를 볼 수 있다.

물을 이용하여 입안을 헹군 후에는 바른 자세로 앉아 씹기 훈련을 한다. 많은 장애인과 노인이 입술을 다물고 코로 호흡하면서 음식물을 먹기 어려워한다. 앞니로 씹거나 덩어리 상태의 음식물을 그냥 목구멍으로 밀어넣어 꿀꺽 삼켜버린다. 침이 나와 음식물과 섞일 틈도 없고, 오랫동안 사용하지 않은 구강 근육들은 제 기능을 제대로 발휘하지 못한다.

이러한 상태에서 소화가 원활하게 만들어 주기 위해서는

· 침이 나올 수 있도록 혀와 볼을 움직여야 하고,

· 음식물이 입 밖으로 쏟아지지 않도록 입술을 다물 수 있어야 하고,

· 덩어리 형태의 음식물은 잘게 으깨어 위 속에서 충분히 흡수할 수 있는 상태이어야 하고,

· 사레들지 않고 안전하게 식도로 삼킬 수 있어야 한다.

씹을 수 있는 치아가 없으면 혀의 근력을 길러 입천장에 으깨서라도 먹을 수 있어야 한다. 한쪽은 잘 씹을 수 있고, 다른 쪽은 씹기가 어려우면, 씹기 어려운 쪽은 두부나 진밥을 씹고, 씹기 쉬운 쪽은 그 이외의 음식물을 씹어서 조금이라도 치아 양쪽의 씹기 횟수를 균등하게 맞춰야 한다.

### 5) 씹기 훈련

사용하지 않은 구강 근육은 껌 씹기 훈련으로 근력을 키울 수 있다. 틀니나 임플란트 치아, 보철물이 입안에 많으면, 틀니에 덜 달라붙고 구강건조증 완화에 좋은 기능성 껌을 이용할 수 있다. 씹으면서 뇌에 자극을 줄 수 있어 좋고, 식사할 때는 껌 씹듯이 근육을 움직일 수 있어 음식물을 더 잘게 부수면서 침도 많이 분비되어 소화에도 도움이 된다.

입술을 다물고 코로 호흡하면서 껌을 씹다가 침이 가득 고이면 꿀꺽 삼켜 후두개 조절 연습을 평소에 할 수 있다. 흡인성 폐렴도 예방할 수 있고, 입안이 마르는 구강건조증이 있을 때도 도움이 된다.

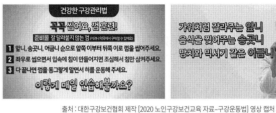

한 숟가락 음식물을 먹을 때 껌을 씹듯이 먹으면 기력 회복에 도움이 된다. 자세한 내용은 아래 QR코드를 스캔하면 볼 수 있다. 입안에 틀니나 임플란트 치아, 보철물이 없으면 일반 자일리톨 껌 어느 제품이라도 사용 가능하다. 틀니를 끼고서도 씹을 수 있는 껌에는 자일리톨 그린 껌이 있다.

**구강운동법 - QR코드를 스캔하세요.**
보건복지부 및 대한구강보건협회 제작
[2020 노인구강보건교육 자료 – 구강운동법]

# 위생 문제와
# 발 관리

**박지영** (민들레의료복지사회적협동조합 민들레의원 의사)

방문진료를 나가보면 그분이 어떤 생활을 하고 계신지 한 눈에 알 수가 있다. 집이 청결하게 청소가 되어 있고 정리정돈이 잘된 집도 있는 반면 물건들이 마구잡이로 쌓여 있거나 흩어져 있고, 쓰레기 처리나 설거지 처리가 되지 않는 집도 있다. 환경 위생이 제대로 관리되지 않으면 질병으로 이어질 수도 있고, 또한 질병의 결과로 환경이 청결하지 못할 수도 있으므로 꼭 살펴봐야 한다. 청소는 누가 어떻게 하고 있는지, 도움이 필요한 상황은 아닌지, 쓰레기나 대소변 처리가 제대로 되고 있는지도 살펴야 한다. 또한 환자 몸의 위생 상태도 중요하게 살펴야 한다. 몸을 청결히 관리하는 것은 건강을 유지하고 질병을 예방하는 기본조건이며, 질병으로 인해 위생 관리가 제대로 되지 않으면 또 다른 질병이 생길 수 있다. 특히 거동이 불편한 대상자들은 스스로 씻을 수 없기에 돌봄을 제공하는 보호자 교육이 필요하다. 민들레 의료사협 대상자 중에 척수손상으로 사지마비가 생겨 침대에만 누워 있는 분이 계신데 팔꿈치나 손가락이 굽어진 상태로 구축이 생겨 있다. 이런 경우 주름이 생긴 부분을 제대로 씻겨주지 않으면 염증이 발생할 수 있음을 알리고 꼭 그 부분까지 씻기거나 닦이도록 교육하고 있다.

### 1) 환자의 위생 관리

① 머리 감기 : 세발기(머리 감는 바구니), 헤어 밴드, 세안 밴드 , 노린스 샴푸

② 목욕하기 : 간이 목욕 의자, 목욕 배드, 목욕실 바닥 미끄럼방지 패드, 노린스 바디워시

③ 구강청결 용품 : 석션 칫솔(솔 석션, 스펀지 석션 : 혼자 양치질이 힘든 분들을 위한 칫솔), 무불소 치약(치약을 삼킬 염려가 있는 분들), 혀 클리너, 립글로스

④ 침상 위생을 위한 용품 : 깔개 매트, 방수 매트를 사용하여 침상 시트가 오염되지 않도록 유지

**방문목욕 서비스 연계 방법**

① 노인장기요양보험 : 노인장기요양보험 서비스에 방문목욕 서비스가 포함되어 있다. 장기요양 등급이 있거나 등급을 받을 수 있는 분이라면 재가 장기 요양센터를 통해 신청하거나 방문목욕 전문 팀을 불러서 서비스를 받을 수 있다.

< 2022년 기준 >

| 방문목욕 서비스 | 목욕 1회당 급여 비용 | 목욕 1회당 본인부담금(15%) |
|---|---|---|
| 방문목욕 차량을 이용하고 차량 안에서 목욕한 경우 | 78,580원 | 11,787원 |
| 방문목욕 차량을 이용하고 가정 내에서 목욕한 경우 | 70,850원 | 10,627원 |
| 방문목욕 차량을 이용하지 않는 경우 | 44,240원 | 6,636원 |

※ 노인장기요양보험 홈페이지 www.longtermcare.go.kr에는 방문목욕을 포함한 모든 재가, 시설 서비스의 비용이 매년 게시되어 있다. 급여 비용 중 본인부담금은 기본적으로는 15%이고, 수급자의 경제적 수준에 따라 0~15%로 차등적으로 적용된다.

② 장애인 : 등록 장애인의 경우 장애인 활동지원 사업을 통해 목욕 서비스를 받을 수 있다. 서비스 신청은 주민센터나 복지로 홈페이지 www.bokjiro.go.kr을 통해 하며, 활동지원사에게 집에서 간단한 목욕 도움을 받거나 방문목욕 전문 업체를 통해 목욕 서비스를 받을 수도 있다.

**발 관리의 중요성**

장애인 주치의 방문진료와 방문간호는 장애인의 일상적인 건강 관리를 위한 활동을 한다. 특별히 아플 때 찾아가는 것이 아니기 때문에 전반적인 건강 상태를 살피고 교육하고 나면 특별히 더 해드릴 것이 없을 때도 있다. 그러기에 초반에 관계 형성에 어려움이 생길 수도 있다. 민들레 의료사협에서는 대상자들과의 관계 형성을 위해 발 관리 사업 '예쁜발 프로젝트'를 시작했고 뜨거운 호응을 받고 있다. 발을 보는 것은 노인과 장애인의 건강 상태를 알 수 있는 간단하고 쉬운 방법이기도 하다. 겉으로 보기에 멀끔한 어르신도 손이 발에 닿을 정도로 허리를 굽힐 수가 없어 몇 주째 발을 씻지 못하는 경우도 있다.

발은 눈과 손에서 가장 먼 기관이라 눈이 보이지 않거나 허리를 숙이기 힘든 분, 손놀림이 자유롭지 않은 분은 스스로 관리하기 힘들다. 또한 정신적·지적장애가 있어도 발 관리 방법을 몰라 발이 엉망인 경우도 많다. 당뇨가 있는 분들은 말할 것도 없이 관리의 대상이다. 실제로 방문진료를 나가 발을 보면 여러 가지 문제들이 있다. 각질과 무좀, 티눈이나 사마귀, 상처, 당뇨발, 욕창 등으로 통증이 있기도 하고 감각이 떨어지기도 하여 심한 경우 제대로 걷지 못하거나 낙상을 할 수도 있다. 보호자에게 봐달라고 하기도 힘든 부분인 발을 방문의료를 통해 꾸준히 관리한다면 대상자와의 신뢰형성에도 도움이 될 뿐더러 낙상과 같은 큰 위험을 미리 막을 수 있다.

① 발의 위생 문제 : 여러 가지 이유로 발 씻기가 잘 안 되는

경우 발 위생이 악화된다. 하루 한 번 자기 전에는 양말을 벗고 발을 비누로 발가락 사이사이 꼼꼼히 씻도록 교육한다. 환자가 거동이 힘들면 보호자에게 발 위생을 교육한다.

② 발 각질 : 발바닥, 발꿈치, 복숭아뼈 주변에 피부가 두꺼워 지거나 갈라지는 증상이 생긴다. 심한 경우 염증으로 붉게 변하고 통증도 생긴다. 각질 연화제인 유리아 크림을 매일 발을 씻은 후 바르도록 하고 바세린 크림 등으로 발 전체를 보습하도록 한다. ※ 한미유리아크림 200mg(50g) 한미 약품, 일반 의약품, 급여 가능

③ 발무좀 및 발톱무좀 : 무좀에 대한 적절한 약물 치료와 관리를 시행한다. 발톱무좀으로 발톱이 두꺼워져 집에서 깎기 힘든 환자들은 방문 의료진의 도움이 필요하다. 발톱무좀 전용 니퍼와 샌딩페이퍼를 이용하여 관리한다. 보통 발톱 관리는 2주에 1회 정도가 적당하며, 심한 경우 더 자주 봐야 한다.

④ 당뇨발 : 당뇨에 대한 치료가 제대로 이루어지고 있는지 확인한다. 특히 약을 제대로 복용하고 있는지, 인슐린을 제대로 맞고 있는지 확인한다. 발 위생 관리를 전반적으로 시행하고 작은 상처라도 최대한 빨리 치료받도록 안내한다. 당뇨발에 대한 전반적인 관리사항을 교육한다(양말 신기, 적당한 신발 고르기 안내, 하루 한 번 발 살펴보기 등).

# 욕창의
# 예방과 치료

**박지영** (민들레의료복지사회적협동조합 민들레의원 의사)

※ 대부분의 실무 자료는 병원간호사회 욕창실무지침을 참고하였습니다.
http://khna.or.kr/bbs/linkfile/resource/khna_Wcare.pdf.

95세 할머니가 치매와 뇌경색, 근 노쇠로 거동이 힘들어져 와
상 상태로 지내시다 욕창이 생겨 민들레 의료사협에 의뢰되었
다. 보호자인 딸이 24시간 돌봄을 제공하면서 2시간마다 체위를
변경하는 것이 힘든 상황이었고, 영양상태도 좋지 않아 욕창이
점점 심해지는 상황이었다. 방문하여 욕창을 살펴보니 우측 천
골 부위, 좌측 좌골 부위에 두 개의 4단계 욕창이 있었고, 양측 무
릎에도 1단계 욕창이 있었다. 욕창 부위에 압력이 가지 않는 자
세를 취하고 체위 변경 시 욕창 부위가 쓸리지 않도록 해야 하는

데 그런 정보를 모르고 있었고, 천골 부위는 대변에 오염된 경우 바로 드레싱을 갈아줘야 하는데 쉽지 않은 상황이었다. 체위 변경 요령, 에어매트리스의 사용 안내, 가정간호 연계 및 영양상태 개선을 위한 하모닐란 처방을 하였고 이후 욕창이 호전되고 있다.

다른 한 분은 뇌경색으로 우편 마비가 발생한 후 집안에서 엉덩이로 밀고 다니는 뇌병변장애인인데, 엉덩이에 욕창이 재발되어 의뢰되었다. 침대를 사용하지 않고 딱딱한 바닥을 엉덩이로 밀고 다니는데다 화장실까지 거동하기가 힘들어 소변을 자꾸 지리면서 엉덩이가 자주 젖어 있었고 이 때문에 욕창이 재발하였다. 이에 재활을 통해 화장실 출입이 가능해질 때까지 소변줄을 사용하기로 하고, 문턱을 넘어갈 때 엉덩이가 쓸리지 않도록 두꺼운 방석을 사용하시도록 안내하였다.

이처럼 욕창은 와상환자뿐 아니라 신경계 손상, 뇌졸중, 척추손상 등으로 거동이 불편한 환자, 보조기기를 오래 쓰는 환자 (목발, 부목, 깁스 포함), 당뇨환자, 감각기능이 떨어진 마비환자, 피부가 약하거나 부종이 심한 환자, 치매나 우울증 등이 심하여 움직이지 않으려는 환자들에서도 확인할 수 있다. 방문 대상자를 만날 때 보호자에게 꼭 욕창 여부를 확인하고 와상환자의 경우 욕창 호발 부위를 살피기 위해 몸의 자세를 바꾸어 살펴보아야 한다.

## 1) 욕창의 원인

① 물리적인 힘 : 2시간 이상 같은 부위에 압력이 가해짐, 환자가 미끄러지거나 마찰에 의해 피부가 까짐, 습한 피부 상태 (땀, 체액, 대소변 등)

② 노화, 얇은 피부, 영양실조, 스트레스, 혈액순환 장애, 체온 상승, 흡연

③ 욕창 발생 위험도 평가는 Braden 도구 등을 통해 할 수 있다.

## 2) 욕창의 단계

① 1단계 : 피부가 부분적으로 붉어지거나 짓무름, 통증과 열감이 있음.

② 2단계 : 표피가 벗겨져서 얕은 궤양이 생긴 상태, 진물이 남, 수포가 생김, 통증 열감 있음.

③ 3단계 : 피부가 피하조직까지 손상되어 깊은 궤양 상태, 악취를 동반한 진물, 괴사조직이 생김.

④ 4단계 : 근육, 근막, 뼈, 관절까지 손상되어 깊은 궤양, 터널 상태, 괴사조직 생김.

## 3) 호발 부위

중력이 강해질 때 바닥과 맞닿는 부위, 뼈가 돌출된 부위에 자주 생긴다.

[ 누운 자세 ]

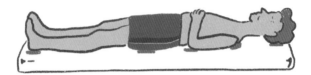

[ 엎드린 자세 ]

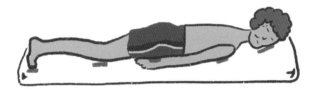

[ 옆으로 누운 자세 ]

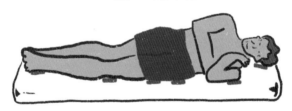

## 4) 욕창의 예방

**피부 관리**

① 순하고 부드러운 비누와 미지근한 물로 닦고 완전히 마르도록 두드려 닦는다.

② 파우더 사용은 금기이다.

③ 운동한 후, 잠자기 전, 활동한 후, 보조기를 벗을 때마다 마찰되었거나 자극을 받았는지 피부를 확인한다.

④ 젖은 옷은 즉시 갈아입는다.

⑤ 뜨거운 음식이나 물건을 피한다.

⑥ 피부가 약한 부위나 뼈 돌출 부위를 자주 마사지해 주면 피부의 탄력성이 증가한다.

### 영양

좋은 영양은 상처 치유를 증진시킨다. 비타민, 무기질 및 고단백질 섭취를 고려한다.

### 순환

근육 운동을 통한 혈액순환을 돕기 위해 능동적, 수동적 운동을 실시하고, 마사지를 통해 국소 혈액순환을 자극한다. 단, 피부가 손상된 상태에서는 마사지를 시행하면 오히려 손상을 더 야기할 수 있으므로 피해야 한다.

### 압박 경감법

① 일반 매트리스를 사용하는 경우 적어도 2시간 이내마다 체위 변경을 실시한다.

② 욕창방지용 매트리스(압력경감 매트리스)를 사용하는 경우 적어도 4시간마다 체위를 변경한다.

③ 가능하다면 침대 머리를 30° 이하로 유지하여 침상에서 미끄러져 내리는 것을 막는다.

④ 비스듬히 앉기는 1시간 이상 하지 않도록 한다.

## 5) 욕창의 치료

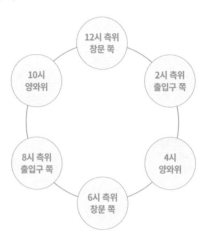

**전신적 치료**

① 수분을 최소 1,800cc 이상 매일 섭취해야 한다. 단백질, 비타민, 무기질 등도 충분히 섭취한다(달걀, 우유, 두유, 치즈 등을 하루 2개, 2장, 2잔 이상 섭취).

② 식사로 영양 섭취가 충분치 못하다면 영양식을 권유한다 (뉴케어, 셀렉스, 하모닐란, 엔커버 등).

③ 혈액 검사상 저알부민혈증, 빈혈 상태라면 약물이나 영양 관리를 통해 교정한다.

④ 소변 실금으로 인해 욕창 부위가 반복적으로 오염되는 상황이라면 도뇨관 유치를 고려한다.

⑤ 묽은 변이 잦다면 변을 굳어지게 만드는 약을 쓸 수 있다 (변비약이 들어가고 있는지 확인할 것, 묽은 변의 원인을 파악하기 위한 검사 시행, 유산균, 지사제, 식이섬유제 등을 고려).

**국소 치료의 원칙**

① 욕창의 상태를 정확하게 파악하고 기록한다(단계, 부위, 개수, 크기). 자를 옆에 대고 사진을 찍어놓으면 비교하기가 좋다.

② 심한 욕창이 아니더라도 바로 처치를 시행하고 예방 교육을 시행하여 더 진행되지 않도록 한다.

③ 괴사조직은 제거한다. 단, 건조가피를 가진 허혈성 상처는 제거해서는 안 된다.

④ 감염을 발견하면 즉시 치료한다.

⑤ 사강(dead space)은 채운다. 듀오덤 겔이나 식염수 거즈를 이용한다.

⑥ 적절한 드레싱을 이용하여 삼출물을 흡수한다.

⑦ 욕창 기저부는 습윤하게 유지한다.

⑧ 외부의 온도변화와 외상으로부터 보호한다.

**욕창 단계별 치료 원칙**

① 1도 욕창 : 압박을 제거하고 공기가 잘 통하도록 한다.

② 2도 욕창 : 압박, 자극을 제거하고 적절한 드레싱을 한다.

③ 3, 4도 욕창

· 욕창을 깨끗한 생리식염수로 닦아낸다. 깊이가 있는 경우 생리식염수를 주사기에 넣고 쏘아 irrigation 시행한다.
· 욕창 주변 피부는 베타딘 드레싱으로 무균 상태를 유지할 수 있도록 한다.
· 깊은 부위에는 식염수 거즈로 패킹하고 그 위에 마른 거즈를 덮거나 메디폼을 이용하여 덮는다.
· 사강 부위는 꼭 식염수 거즈 패킹을 하거나 듀오덤 겔로 채운다.
· 욕창 기저부에 노랗게 혹은 하얗게 붙은 괴사조직은 제거한다.
· 삼출물이 많으면 폼 드레싱이나 하이드로파이버 드레싱을 사용한다.
· 드레싱은 삼출물의 양에 따라 교환하되 적어도 3일 간격으로 교체한다.
· 드레싱이 벗겨지거나 오염되었을 경우 즉시 교체한다.

## 6) 욕창치료 평가

① 2주 이상 치료했으나 변화가 없다면 원인을 찾기 위해 재평가하고 드레싱 방법을 바꾸거나 성형외과 전문의의 진료를 받을 수 있도록 한다.

② 욕창이 좋아진다면 다음과 같은 반응이 생긴다.

· 욕창의 크기가 작아진다.
· 상처 가장자리부터 분홍색 살이 차오른다.
· 혈액순환이 잘 돼 상처가 붉어진다.

③ 방문 시마다 욕창 부위에 자를 대고 사진으로 남기면 경과를 비교하기 좋다.

# 팀 기반
# 방문작업치료

**이경민** (민들레의료복지사회적협동조합 작업치료사)

　세상에 치매 환자라는 사람이 있을까? 고혈압 환자나 당뇨 환자라는 사람도 있을까? 또는 뇌졸중 환자나 척수손상 환자라는 사람이 존재하기는 할까? 우리는 너무나 자주 이 세상에 다른 누구와도 구별되는 '특정 진단명이나 장애를 가진 보편적인 사람'이 있는 것처럼 이야기한다. 질병이나 사고로 인해 특정 진단명을 가진 사람은 있을 수 있어도, 이 세상에 똑같은 남자나 여자, 한국 사람이나 미국 사람, 또는 어린이, 청년, 노인이 없듯이 장애가 있건 없건 사람들은 누구나 다르다. 이 세상 그 누구도 특정 질환을 가진 환자나 진단명으로 살아가지 않는다. 같은 질환이나 장애가 있더라도, 우리는 각자 서로 다른 사람들과 서로 다른 일상생활을 영위한다. 때로는 홀로, 때로는 도움을 받으면서 일상생활을 이어 나간다. 방문의료를 통해서 만나는 사람들도 사람 수만큼 다 다르다. 질환이나 장애뿐 아니라 성별, 나이, 가족이나 경제 상태, 신체기능 수준, 가치관과 기호까지 다 다르고, 삶의 궤적이 다르며, 그로 인해 각자가 방문의료 서비스에 기대하는 것도 다 다르다.

이처럼 수없이 많은 다름을 존중하는 방문의료 서비스는 가능할까? 방문의료서비스를 받는 사람들이 다르듯, 방문의료 서비스를 제공하는 우리도 개인의 특성, 직종, 활용하는 보건의료나 복지제도, 각자 일하는 기관의 성격과 역할 등 다양한 요인으로 인해 서로 다른 서비스를 제공한다. 이 장에서는 일차의료기관인 민들레의료복지사회적협동조합 지역사회의료센터(이하 민들레)가 제공하는 팀 기반 방문의료와 그 안에서의 작업치료사의 역할을 소개하고자 한다.

민들레지역사회의료센터는 방문의료 서비스를 주로 담당하고 있으며, 인력구성은 외래진료를 겸직하는 센터장 1명(가정의학과 전문의), 팀장(작업치료사, 사회복지사 1급), 장애인건강주치의 전담 간호사 2명, 시설 및 가정방문 담당 가정전문 간호사 2명 총 6명이다. 의원 소속 의사 3명도 주치의로서 방문진료를 한다. 민들레는 설립 초기부터 마을 건강주치의를 표방해 왔고, 실제로도 환자, 가족, 조합원들과 오랜 기간 신뢰와 유대

감을 바탕으로 진료를 해왔기 때문에 주된 진료를 보는 주치의가 있지만, 상황에 따라 다른 의사가 지원한다. 또한 같은 환자를 간호사, 작업치료사 등을 포함해 다학제로 지원하므로, 외래 기반의 진료기록뿐 아니라 실시간 온라인대화방을 활용하여 대상, 상태, 서비스 내용 및 방문결과 등의 정보를 공유하면서 협력한다. 그런 의미에서 민들레의 방문의료는 개별 의사를 중심으로 하는 주치의제도라기보다는 당사자를 중심에 둔 주치의 팀제 또는 팀 주치의제에 가깝다.

민들레의 팀 기반 방문의료의 특징을 보면 방문의료 서비스 안내 및 접수, 초기 방문, 초기 방문 후 지속적인 관리, 당사자, 기관 내의 팀원들과의 소통, 타 기관과의 서비스 연계 및 협력 등 다양한 코디네이션 업무가 포함된다.

구체적으로 살펴보면, 첫째 방문의료 서비스를 신청한 장애인, 보호자, 관계기관 담당자 등이 여러 서비스의 목적, 내용, 비용 등을 이해할 수 있게 설명하고, 가장 적합한 방식으로 서비스를 받도록 상담서비스를 제공한다. 예를 들면, 서비스 접수할 때부터 중증장애인으로 등록되어 있는지, 노인 장기요양 서비스 대상인지, 의료보험 대상인지, 의료수급자인지를 고려하여, 당사자에게 가장 비용부담이 적은 방식으로 서비스를 제안하고 이해와 동의를 구하고 일정표를 조절하여 방문한다.

둘째, 의사, 간호사, 작업치료사 등 다학제 방문을 기본으로 한다. 같은 사람을 각자의 전문성을 기반으로 다양한 관점으로 볼 수 있고, 또 당사자뿐 아니라 가족, 요양보호사나 장애인 활동지원사 등의 돌봄 제공자, 청소상태나 식사하는 방식, 가정 내의 이동 능력과 주거환경 등과 같은 여러 건강 결정 요인들을 짧은 시간에 파악할 수 있기 때문이다. 특히 처음 방문하는 가정의 경우, 예기치 못할 위험이나 혼자라면 감당할 수 없는 부담을 줄일 수도 있다. 실례로 주민센터의 요청으로 방문했을 때, 정신과적 문제와 폭력성으로 외상 상태로 여겨졌던 분이 벌떡 일어나 의사나 간호사를 폭행하려고 하는 일도 있었다.

또한 퇴원 직후 앉은 자세도 유지할 수 없는 어르신을 방문했을 때, 소변 실수를 하고 계시는 상황도 있었다. 돌보는 사람이 없는 상태에서 거동을 못해 부엌까지 가지도 못하고 밥을 차려 드실 수 없는 분도 계셨다. 이런 경우에는 당장 의사, 간호사, 작업치료사 할 것 없이 대소변을 치우고, 청소하고 기저귀를 갈고, 밥을 해서 드시게 해야 할 때도 있다. 그리고 각자 일사불란하게 심신상태 파악, 복약상황 확인, 활력징후 파악 및 혈액검사나 소변줄 처치, 수액 처치 등을 한다. 작업치료사도 환자의 일상생활 능력과 가정 내의 돌봄 상태를 고려하여 관련기관에 정보를 공유해서 후속 조치를 탐색한다. 다학제 팀의 가장 큰 장점은 같은 시간, 같은 경험을 공유하므로 실존하는 문제들을 함께 파악하고, 함께 해결하기 위한 협력을 한다. 한 직종의 사람이 혼자라면 절대 감당할 수 없는 일을 서로 지지하면서 해내게 된다.

셋째, 당사자가 지역사회에서 안심하고 살아가도록 당사자를 중심에 두고 다양하지만 통일된 관점으로 서비스 이용자를 파악하고 공통의 목표를 위하여 역할 분담을 하고 각자의 전문성을 발휘하기 위해서는 도구가 필요하다. 사실 가정간호를 제외하고 대부분의 재택의료 서비스는 서로 다른 시범사업의 평가 기준에 맞춰서 평가, 기록하고 서비스를 제공한다. 이럴 때 각자가 각자의 지침에 따라서만 서비스를 제공하면, 서비스 이용자를 중심에 둔 포괄적인 모습을 파악하기 어렵고 유기적으로 지원하기 어렵다.

민들레지역사회의료센터에서는 초기부터 다학제 팀 기반으로 방문의료서비스를 제공할 목적으로 세계보건기구(World Health Organization : WHO)가 제시한 국제기능장애건강분류(International Classification of Functioning, Disability, and Health : ICF)의 개념에 근거해서 구체적인 평가도구와 서비스 제공 기록지를 만들어 사용해 오고 있다(그림 1. 방문의료 기초 평가양식, 그림 2. 방문의료 서식 참조). 이 양식의 내용을 모두 채우기보다는 서비스 이용자를 포괄적으로 이해하고 지원하기 위한 도구로 활용한다.

넷째, 작업치료사는 한 개인이 생활하는 환경 안에서 의미있는 활동, 즉 하고 싶어하고, 할 필요가 있거나 해야 한다고 기대되는 활동(작업, Occupation)을 가능하도록 하는 것을 목표로 지원한다. 당사자의 생활환경 안에서 본인이 중요하게 생각하는 활동을 수행하는 것을 직접 관찰하고 이를 분석한다. 이런 작업수행분석을 기반으로 좀더 쉽고 안전하게, 그리고 효율적으로 수행할 수 있도록 방법을 찾아 함께 연습한다. 어려움이 있는 활동 자체를 연습하거나, 활동 자체를 단순화하여 좀더 쉽게 바꾸거나, 보조기기나 환경수정을 제안하기도 한다.

예를 들면 시각장애에 당뇨를 앓고 있고, 심한 발톱무좀까지 있는 장애인이 있다면, 작업치료사는 당사자가 욕실에서 실제로 발을 씻고 말리는 활동, 스스로 발톱을 깎고 발톱무좀약을 바르는 여러 활동을 수행하는 것을 직접 관찰하여 평가한다. 평가한 내용을 팀에 공유하면, 주치의는 기본적인 당뇨 관리 이외에 피검사 결과 등을 바탕으로 가장 적절한 약 처방을 한다. 장애인 건강주치의 담당 간호사와 작업치료사는 실질적인 당뇨발을 관리하고, 당사자와 활동지원사가 구체적인 방법을 습득할 수 있도록 돕는다. 만약 발을 씻는 과정에서 자세가 불안정하거나 낙상의 위험이 있다면, 낮은 의자를 제공하거나, 샤워기의 위치를 바꾸거나 미끄럼방지 매트를 제안하기도 한다. 또는 정신과적 문제, 또는 지적장애로 이를 스스로 학습해서 실행하기 어렵다면 보호자에게 방법을 가르쳐드리고, 보호자조차 없다면 이를 대신 해드린다. 돌봄서비스나 기타 제도에 대한 정보를 제공하고, 당사자와 논의해서 최적의 방법을 찾는다.

　마지막으로, 팀 기반의 방문의료 서비스에는 팀 내외의 사람들과 돌봄을 조정하고 협력하는 기능이 필요하다. 작업치료사는 당사자를 중심에 두고, 그 사람의 일상적인 생활이 가능할 수 있도록 보호자, 방문의료팀, 그리고 지역사회 관계기관과 끊임없이 소통하고 협업하는 과정을 담당하기도 한다. 누가 봐도 중증장애가 있지만, 정식으로 장애인 등록을 하지 않았거나, 요양등급 신청, 활동지원 서비스 등에 대해서 모를 때에는 지속적인 돌봄이 이루어지도록 당사자와 가족에게는 관련 제도를 설명하여 스스로 신청하여 이용하도록 하고 그것조차도 어려운 분들을 위해서는 절차 진행을 돕는다. 일차의료기관인 민들레만으로 해결하기 힘든 문제에 대해서는 지역사회의 의료기관(타 의원, 2차·3차 의료기관), 노인/장애인복지관, 주민센터나 구청, 장애인보건의료센터, 보조기기센터/복지용구업체, 보건소, 금연지원센터나 중독관리센터, 치매안심센터, 정신건강복지센터, 주간보호센터나 요양원, 방문 요양기관이나 장애인 활동지원사 파견기관 등 다양한 기관과 협력해서 해결방안을 찾는다. 지역사회와의 연계와 협력은 민들레지역사회의료센터의 핵심 가치인 '나부터 시작하는 건강 나눔'을 실현하는 데 필수불가결한 요소가 된다.

질병이나 장애가 있더라도 한 개인이 지역사회에서 계속 필요한 서비스(재택의료 서비스 포함)를 받으며 생활할 수 있도록 하는 커뮤니티케어는 한두 가지 직종이나 한두 개의 시범사업과 각각의 지침으로 실현되기는 어렵다. 부디 작업치료사들이 커뮤니티케어를 위해서 전문성을 발휘하면서 기여하고 성장할 수 있는 기회가 만들어지길 기대한다.

# 가정에서
# 산소치료 준비하기

김종희 (원주의료복지사회적협동조합 밝음의원 의사)

90세 아버지가 숨을 헐떡인다며 가족으로부터 방문진료 요청 전화를 받았다. 코로나 시기에 요양병원에서 쓸쓸히 홀로 죽음을 맞이할 것 같은 두려움에 가족들이 무작정 집으로 모시고 왔다고 한다. 방문진료 가서 보니 호흡수가 40회를 넘었고 산소포화도는 85% 정도였다. 가족에게 급히 산소치료기를 의료기상사에서 대여하도록 했다. 산소치료 후 하루 지나서 환자는 거친 행동이 줄었고 식사도 잘하고 평온을 유지할 수 있게 되었다. 가족들은 아버지가 지금처럼 평범하게 지내시다가 집에서 편안히 임종을 맞이하게 해드리고 싶다고 한다.

산소치료 처방 기준이 바뀌었다. 예전에는 호흡기내과 의사만 처방이 가능했었지만, 지금은 내과, 흉부외과, 결핵과, 소아청소년과 전문의가 처방할 수 있다. 산소치료 처방을 위해 동맥혈검사(ABGA)를 하지 않고, 손가락에 끼워 측정하는 '휴대용 산소포화도 측정기' 검사 결과로도 처방이 가능하다.

호흡기 증상으로 90일 이상 진료받은 '건강보험' 환자의 경우, 의사의 산소치료 처방전이 있으면 10% 본인부담금만 내면 된다. 산소치료 처방전이 없더라도, 급할 경우 의료기상사에 연락하여 100% 자부담으로 대여할 수도 있다. '차상위' 환자는 건강보험공단에서 100% 지원받고, '의료보호' 환자는 시·군·구에서 100% 지원받는다.

## 1) 산소치료 처방 절차

① 방문진료를 가서 휴대용 산소포화도 측정기를 이용하여 측정한 산소포화도와 호흡곤란 증상을 차트에 기록한다(단, 방문진료 의사가 산소치료 처방전을 발행할 수 없는 전문과목 의사라면, 해당 지역에서 방문진료가 가능한 내과, 흉부외과, 결핵과, 소아청소년과 의사에게 방문진료를 의뢰한다. 향후 산소치료 처방이 가능한 의사의 범위를 확대하는 방안이 필요하다).

② '산소치료 처방전' 양식을 작성하여 환자에게 발급한다(산소포화도 88% 이하이거나, 89% 이상이더라도 적혈구 증가증(헤마토크리트 55% 초과), 울혈성 심부전을 시사하는 말초부종, 폐동맥 고

혈압의 근거가 있으면 처방 가능하다. 유효기간은 1년이다.

③ '건강보험 산소치료 급여대상자 등록 신청서' 양식을 작성하여 환자에게 발급한다.

④ 환자는 가정용 산소치료기기를 제공하는 업체에 전화로 신청한다. 대개 업체에서 집으로 방문하여 설치하고, 사용법을 교육해 준다. 건강보험공단과 한국전력공사(전기요금 할인) 등에서 필요한 서류등록을 안내받을 수도 있다. 또한 업체에서 정기적으로 방문하여 기기 점검 및 소모품을 지급한다.

### 2) 돌보는 사람에게 알려드릴 것들

① 휴대용 산소포화도 측정기를 구매하여, 산소포화도 90%를 유지한다.

② 가래를 스스로 뱉어내지 못할 경우에는 석션기를 구매하여 사용한다.

③ 가래 배출을 돕는 등 두드리기(percussion)를 하루 3번 1분씩 한다.

④ 사례 걸림을 예방하는 식사 자세를 교육한다(머리를 앞쪽으로 약간 숙이고 턱을 당긴 채, 허리를 바르게 앉은 자세에서 식사).

⑤ 호흡기 관련 약을 확인하고, 필요시 가족이 내원하여 대리처방 받도록 한다.

# 임종 환자와
# 만남 준비

정혜진 (우리동네30분의원 의사)

일반적인 진료환경과 방문의료의 가장 큰 차이점이라고 할 수 있는 것이 집에서 임종을 맞이하려는 환자를 만나게 된다는 것이다. 병·의원에서는 환자 또는 그 가족들이 더 이상의 적극적인 치료를 하지 않기로 결정한 뒤에는 환자를 만날 기회가 없지만 방문의료 환경에서는 임종을 맞이하는 모든 과정에서 환자와 가족들을 마주하게 된다.

## 1) 집에서 임종을 맞이하겠다는 결정

임종이 얼마 남지 않은 환자를 진료하게 되면 가족들에게 지금 상황을 이야기하는 것부터가 쉽지 않다. 덤덤히 받아들이는 가족들도 있지만 전혀 예측하지 못했다는 반응을 보이기도 하고 현실을 받아들이지 못해 불안해하는 가족들도 있다. 가족들이 이미 집에서 임종을 맞이하겠다고 상의를 끝낸 경우도 간혹 있지만 대부분의 경우에는 병원으로 모셔야 할지 말아야 할지 고민한다. 임종을 집에서 맞이하게 되는 경우, 병원에서 맞이하게 되는 경우 생길 수 있는 일에 대해 설명하고 가족들에게 상의해보시라고 하고 나오는데 며칠 내에 다시 연락이 온다면 집에서 임종을 맞이하기로 한 경우이다.

### 2) 임종을 앞둔 환자의 방문진료

① 임종까지 남은 시간 : 임종이 가까운 환자의 집에 방문하면 가족들이 가장 많이 묻는 질문이 '앞으로 시간이 얼마나 남았는가?'이다. 시간이 얼마나 남았느냐에 따라 가져야 할 마음가짐, 현실적인 준비들이 달라지기 때문에 미리 알 수 있다면 좋겠지만 임종이 하루이틀 이내로 임박한 경우가 아니라면 이 시간을 예측하기는 매우 어렵다. 한 달 정도는 충분히 남은 것 같다고 생각되었는데 며칠 뒤에 폐렴이나 요로감염으로 갑자기 패혈증이 생겨서 돌아가시기도 한다. 가족들은 남은 시간을 알고 싶어하지만 이 부분이 예측하기 어려움을 설명드리고 마음의 준비를 해두시기를 당부한다.

② 임종까지 생길 수 있는 많은 일들, 임종 과정의 실제 : 가족들은 집에서 임종을 맞이한다는 것에 대해 '점점 기력이 쇠

해지시다가 어느 시점에 돌아가시는 것'이라고 막연히 생각하겠지만 임종 과정은 그렇게 고요하지 않다. 식사를 못 하기도 하고 욕창이 생길 수도 있다. 열이 나거나 변비, 설사 때문에 고생할 수도 있고 혈변이나 혈뇨가 나오기도 한다. 의식상태가 변하기도 하고 갑자기 이상한 행동을 하기도 하는데, 집에서 임종을 맞이하겠다는 결정에는 이 모든 것들을 옆에서 지켜보고 적절한 대처를 하겠다는 결심이 포함된다. 환자가 익숙한 환경에서 임종을 맞이하기 위해서는 가족 모두의 각오와 참여가 필요하다. 임종을 맞이하기까지 가족들은 여러 차례 난관을 맞닥뜨리고 크고 작은 결정을 하게 된다.

③ 의료인의 역할 : 방문의료 현장에서 임종을 맞이하는 과정의 환자와 가족들을 대한다는 것은 병·의원에서 환자나 보호자를 대하는 것과는 성격이 완전히 다르다. 병·의원에서는 더 이상의 적극적인 치료를 하지 않겠다는 환자가 집으로 가면 다시 볼 일이 없지만 방문의료 현장에서는 그렇게 집에 온 환자와 가족들을 만나게 된다. 더 이상 적극적인 치료를 하지 않겠다고 집으로 돌아왔지만 임종 과정에서 환자와 가족들은 여전히 의료인의 도움을 필요로 한다. 의료인들은 더 이상 치료적 방향으로 그들을 가이드할 수가 없지만 대부분의 의료인들은 치료적 방향 외의 다른 방식의 진료 경험은 없다. 이 과

정에서 의료인의 역할은 앞으로도 많은 경험과 논의가 필요한 부분이다. 필자는 방문 현장에서 환자의 건강 상태와 평소에 가지고 있던 임종 방식에 대한 생각, 가족들의 바람, 현실적인 여러 가지 상황 등을 종합적으로 고려해서 환자와 그 가족들이 임종의 순간까지 덜 혼란스럽고 덜 고통스럽게 시간을 보낼 수 있게 돕는 것이 의료인의 역할이라고 생각한다.

### 3) 사망진단서 / 시체검안서

집에서 임종을 맞이한 경우 최근까지 다니던 병원이 있다면 그곳 장례식장으로 가면서 서류를 받으면 되는데 최근에 다니던 병원이 없다면 사망진단서나 시체검안서를 가지고 가야 한다. 코로나19 전에는 장례식장에 연계된 기관의 의사가 서류를 작성해 주기도 했지만 코로나19로 인해 사망진단서의 사인이 무엇인가에 따라 장례 절차가 달라지는 상황이다 보니 진료를 보았던 의사의 진단서를 요구한다.

가장 최근에 만난 의사가 방문진료 의사라면 서류를 요청받는 경우가 있는데 시체검안서와 함께 코로나19로 인해 사망한 것이 아니라는 소견서를 함께 제출해야 일반적인 장례를 치를 수 있다. 사망진단서/시체검안서는 장례를 비롯한 많은 행정 절차에 쓰이다 보니 일반적으로 원본 10장을 필요로 한다. 참고로 사망 원인이 '병사'가 되지 않으면 유족들이 경찰조사를 받는 과정이 있고, 보험금을 받을 수 없게 되기도 한다. 코로나 19 이후에는 사망 원인에 '폐렴'이 들어가면 코로나19로 인한 사망으로 간주되기도 한다.

사망진단서/시체검안서를 작성할 때 신경써야 하는 것은 비단 사망의 원인이나 사망 시간만이 아니다. 환자의 주민등록상 주소를 잘못 적으면 이후 사망신고를 하는 과정이나 유산을 정리하는 과정에 문제가 생길 수도 있어서 주민등록상 주소지를 반드시 '도로명' 주소로 확인해서 작성한다. 도로명 주소로 적지 않으면 사망신고 접수가 어렵다고 한다.

### 4) 장례식장

최근까지 다니던 병원이 있는 경우에는 해당 병원의 장례식장을 이용하면 되는데 간혹 장례식장에 자리가 없는 경우가 있다. 따라서 이상한 말로 들리지만 임종이 가까운 상황이라면 만약을 위해 장례식장을 한 군데 더 알아봐 두는 것이 좋다.

# 방문의료 후
# 지속적인 환자 관리

김창오 (건강의집의원 의사)


　방문진료가 외래진료보다 나은 점 중 하나는 돌봄 지속성
(continuum of care)을 이루는 데 용이하다는 점이다. 하지만,
가정방문이 이를 저절로 보장해 주지는 않는다. 수고스럽지만
방문진료가 끝난 이후 적절한 시점에 전화통화를 실시할 필요
가 있다. 경제적 보상은 거의 주어지지 않지만 이와 같은 행동
은 방문진료에서 매우 중요한 부분이다. 때때로 사심 없이 제
공되는 한 통의 전화통화가 두 번 이상의 가정방문보다 효과
적일 때가 많다. (필자는 가정방문 사이에 이동할 때 스피커폰
으로 설정한 후 안부전화를 많이 드리는 편이다.)

　· 방문진료(초진) 또는 중요한 의사결정 이후 3일 이내

· 변경된 약물복용 후 3일 이내

· 아무 일이 없더라도 2주 이내에

· 그밖에 마음이 가거나 생각날 때 수시로

환자를 진료실에서 만날 때에는 접수, 진료, 처치, 차팅, 수납 모든 과정이 의원에서 이루어지지만 방문의료의 경우 프로세스의 일부는 의료기관에서, 일부는 현장에서 이루어지기 때문에 방문이 끝난 이후 해야 할 것들이 많고 번잡하다. 방문의료 시행 초반에는 이 모든 과정에서 깜빡하는 것들이 생기고 서류 때문에 환자의 집에 다시 방문하기도 하는 등 시행착오를 여러 차례 겪을 수밖에 없는데, 기관의 성격과 팀 구성에 맞게 각자 적절한 프로세스를 구축해 나가기를 바란다.

## 1) 차팅

외래 세팅보다 어려운 점은 아무래도 면담기록을 전자 차트에 바로 남기기가 어렵다는 점이다. 다수의 방문 의사들이 종이 차트를 별도로 만들거나 전부 외워버리는 등 자기만의 방법들을 사용하고 있다. 의원으로 돌아와 전자 차트를 생성하지만 다음번 방문 시에 전자 차트를 열어볼 수 없기 때문에 연속적으로 기록할 수 있는 종이차트를 별도로 만드는 것이 좋다.

## 2) 추가 정보 입력

진료실에서 이루어지는 정보는 대개 사용하는 차트 시스템에만 입력하면 끝나지만 방문의료의 경우에는 ① 전자 차트와 ② HIRA 시범사업 자료 제출 시스템(요양기관정보마당)에 모두 기록을 남겨야 한다. 이 또한 방문의료의 수고스러운 점이다. 일차 의료 방문진료 시범사업, 장애인 건강주치의, 가정간호/방문간호 지시서 등 방문의 목적에 따라 입력하는 사이트와 내용이 모두 다르고 번거롭다. 심평원 사이트의 경우엔 입력한 내용 중에 오류가 있는 경우 바로 수정이 불가능하고 수정요청을 별도로 해야 가능하니 입력할 때 주민등록번호나 내용의 오류가 없는지 재차 확인하고 전송해야 한다.

## 3) 수납

방문의료 사업의 종류에 따라, 방문의료 현장에서 한 행위에 따라, 환자의 의료보험 자격에 따라 본인부담금이 모두 달라진다. 이러다 보니 현장에서 본인부담금을 받아오는 것이 어렵다. 기관마다 본인부담금 수납을 하는 요령이 다르지만 카드 단말기를 가지고 다니는 기관도 있고 필자의 경우에는 의원에 돌아와서 계좌이체 안내를 하는데, 사실 바로바로 이체해 주지 않는 경우에는 미수금 관리를 하는 것도 매우 피곤하다. 이 부분은 방문의료가 확장되면서 해결되어야 할 문제이다.

### 4) 처방전 발행 및 전달

처방전의 경우 원본을 본인이나 대리처방 확인서를 작성한 보호자에게 직접 전달하는 것이 원칙이다 보니 방문 후에 처방전을 가지러 누군가 의료기관에 와야만 한다. 수납과 함께 가장 먼저 개선되어야 하는 방문의료의 어려운 점이라고 생각한다. 현재 방문 의사들은 저마다의 방법으로 이 문제에 대응하고 있는 편이다. ① 가족이나 요양보호사 등이 병원으로 내원하도록 안내, ② 사회복지사 등 보조인력이 대신 처방전 전달, ③ 비대면진료 처방전과 동일하게 약국으로 팩스나 이메일 전달, ④ 한 번 더 방문해서 처방전 직접 전달하기

### 5) 후속 스케줄 잡기

오늘의 방문을 정확히 일정표에 기록하지 않으면 다음 스케줄을 잡을 수 없다. 방문의료 현장에서 한 번의 방문을 통해 문제가 해결되는 경우는 거의 없다. 대부분 재방문 또는 타 의료기관으로 연계하게 되는데 재방문 스케줄은 즉시 잡기도 하고 경과를 보면서 잡기도 한다. 대부분 조금 지켜보다 재방문 요청을 하는 경우가 많은데 요청이 잦아지면 정기적인 방문으로 스케줄을 잡는 것이 용이하다.

### 6) 지역 자원 연계

방문의료 현장에 가보면 의외로 노인장기요양보험을 이용

하지 않고 있는 환자들이 많다. 방문요양이나 간호는 경제적으로 어려운 사람들만 이용하는 서비스라고 알고 있기도 하고 한국사회 특성상 낯선 사람이 집으로 방문하는 것을 꺼려하기 때문인 경우도 많다. 지자체에서 제공하는 다양한 돌봄 서비스를 아예 모르는 경우도 예상보다 많다. 따라서 환자의 상태에 따라 적절한 지자체 서비스와 장기요양보험 서비스를 연결해 주는 것이 필요하다.

## 7) 물품 관리

주 1회 정도로 정기적인 시간을 할애하여 방문진료 가방, 비품정리, 종이서식 출력, 차량 관리 등을 실시할 필요가 있다. 소모품 하나가 없어서 어렵게 찾아간 가정방문을 망쳐버리는 경우가 있다. 예를 들어, 이경은 챙겨갔는데 배터리가 방전되어 재방문해야 하는 경우도 있고, A4 용지가 다 떨어져서 처방전을 출력할 수 없는 경우도 있었다. 방문진료 차량이 고장나면 자칫 일주일을 쉬어야 할 수도 있다(50,000km마다 정기점검 필수). 쉬는 날 환자들의 전화번호와 네비게이션 주소록 설정도 꼼꼼하게 관리해 둘 필요가 있다. 철저히 준비한 만큼만 안정적인 방문진료가 이루어질 수 있음을 기억하자.

# 환자를 대리하여 처방전을 수령하는 경우

**1. 환자의 의식이 없는 경우 또는 환자의 거동이 현저히 곤란하고 동일한 상병에 대하여 장기간 동일한 처방이 이루어지는 경우로서 의료인이 해당 환자 및 의약품 처방에 대한 안정성을 인정한 경우 대리처방이 가능합니다.**

**2. 환자를 대리하여 처방전을 수령할 수 있는 사람은 다음과 같습니다.**

1) 환자의 직계존속 및 비속, 환자의 배우자 및 배우자의 직계존속, 형제자매, 환자의 직계비속의 배우자

2) 「노인복지법」에 따른 의료복지시설(노인요양시설, 노인요양공동생활가정)에서 근무하는 사람

3) 그 밖에 환자의 계속적인 진료를 위해 필요한 경우로서 보건복지부장관이 인정하는 사람

4) 환자의 주보호자*(시설직원, 방문간호사, 요양보호사 등)로서 환자의 건강상태를 잘 알고 있고, 평소 진료 시에도 동행하여 주치의가 대리상담하여 처방이 가능하다고 판단하는 경우는 가족을 신하여 대리처방을 받을 수 있습니다.

**※ 다만, 환자의 주보호자는 '처방전 대리수령 신청서'의 '대리수령 사유'란에 처방전 대리수령 사유 등을 추가로 기재합니다.**

**3. 대리처방에 필요한 서류는 다음과 같습니다.**

1) 의료기관 제출용 : 처방전 대리수령 신청서

2) 의료기관 제시용 : 환자와 보호자 등(대리수령자)의 신분증(사본 가능), 환자와의 관계를 증명할 수 있는 서류(친족 : 가족관계증명서, 주민등록표등본 등/시설종사자 : 재직증명서)

# 척수 장애인의 손목지지 '보조기기 처방'을 위한 재활의학 의사 연계

김종희 (원주의료복지사회적협동조합 밝음의원 의사)

척수손상으로 상·하반신 마비가 심하여 거의 와상 상태로 지내는 장애인을 만났다. 그는 손가락 몇 개는 사용할 수 있어서 스마트폰과 컴퓨터를 통해 외부 세계와 소통하며 지낸다. 하지만 장시간 사용하면 손가락이 강직되고 손목 통증이 심해진다. 그는 내게 손목을 지지하는 보조기기를 처방받을 수 있느냐고 문의했다.

그는 의원에 내원하기 매우 힘든 상황이었다. 나는 그의 장애인건강주치의이지만, 보조기기(자세보조용구, 의지·보조기 등) 처방전을 발행할 수 있는 전문과목 의사가 아니다. 이 환자의 상황을 해결하기 위해 두 가지 조건을 충족하는 의사를 찾아야 했다. '방문진료'가 가능해야 하고, 보조기기 처방전을 발행할 수 있는 전문과목 의사여야 한다.

나는 같은 의원에 근무하는 재활의학 의사에게 의뢰하였다. 그 재활의학 의사는 '일차의료 방문진료 시범사업'의 방문진료 서비스를 이용하여, 환자의 집을 방문하여 '보조기기 처방전'을 발행하였다.

위 사례의 보조기기 처방과 제작 절차는 아래와 같다.

① 장애인건강주치의가 방문진료를 가서 장애인의 손목지지 보조기기 제작의 욕구를 파악하여, '일차의료 방문진료'가 가능한 재활의학 의사에게 협진을 요청한다.

② 재활의학 의사가 방문진료를 가서, 환자의 상태를 파악하여 보조기기 처방전을 발행한다.

③ 환자의 의료보험 상태에 따라 보조기기 처방전을 접수하는 방법이 다르다. 장애인이 직접 접수하기 어려운 경우에는 본인 이외 가족이나 법정대리인에게 위임하여 진행할 수도 있다.

· 건강보험 환자는 보조기기 처방전을 보조기기 회사에 접수한다. 제작 비용은 환자가 먼저 전액 부담 후 건강보험공단에서 승인하면 나중에 공시가격의 90%까지 환급받게 된다.
· 의료급여 수급권자이거나 차상위계층 환자는 읍면동사무소의 장애인 업무담당자에게 접수한다. 동사무소에서는 해당 시·군청에 접수하고, 시·군청은 국민연금공단의 자격기준 검토를 마친 후 적격판정결과를 환자에게 우편 발송한다. 이후 환자는 보조기기 회사에 연락하여 진행한다.

④ 보조기기 회사 직원이 장애인의 집을 방문하여 '보조기기 처방전'의 작업내용을 확인하고 재료 등을 함께 결정한 후 제품을 만들어 제공하게 된다.

⑤ 재활의학 의사가 다시 방문진료를 가서, 검수확인서를 발행한다.

일반적으로 장애인 환자는 보조기기 제작을 위해 의원에 두 번 방문해야 한다. 보조기기 처방전을 발행받을 때와 건강보험공단에 제출할 검수확인서를 받을 때이다. 의원에 가려면 장애인콜택시를 불러야 하고 자세 변환 시 경직이 심해 병원 진료를 포기하는 경우도 적지 않다. 그러나 '장애인건강주치의' 제도와 '일차의료 방문진료 시범사업'의 방문진료를 이용하면, 집에서 의사와 만나 보조기기 처방전과 검수확인서를 받아 보조기기를 마련할 수 있다.

# 방문보건의료인이
# 알아두면 좋을 돌봄서비스

유상미 (인천평화의료복지사회적협동조합 사회복지사)

방문의료를 신청하는 대상자들의 대부분은 거동이 불편한 노인, 장애인이다. 물론 이들 외에 최근에는 은둔형 외톨이도 방문의료를 신청하고 있다. 이 둘의 가장 큰 차이는 노인이나 장애인의 경우 본인이 필요에 의해 방문의료를 신청하지만, 은둔형 외톨이의 경우 주변인들의 필요에 의해 방문의료를 신청한다는 차이점이 있다.

움직이기 불편해서 병원을 가기도 힘들어하는 그들에게는 의료적인 서비스 외에 복합적인 서비스가 필요한 경우가 많이 있다.

## 1) 노인

**노인요양보험제도**

고령이나 노인성 질병 등으로 일상생활을 혼자서 수행하기 어려운 이들에게 신체활동 및 일상생활 지원 등의 서비스를 제공하여 노후생활의 안정과 그 가족의 부담을 덜어주기 위한 사회보험제도

① 대상

· 소득수준과 상관없이 노인장기요양보험 가입자(국민건강보험 가입자와 동일)와 그 피부양자
· 의료급여수급권자로서 65세 이상 노인과 65세 미만의 노인성 질병이 있는 자

② 장기요양등급 : 1등급~5등급(등급이 높을수록 중증도가 높음)

③ 장기요양인정 및 서비스 이용절차

| 장기요양신청 및 방문조사 | | 등급판정 | | 장기요양인정서, 표준장기요양 이용 계획서 통지 | | 장기요양급여 이용계약 급여제공 |
|---|---|---|---|---|---|---|
| 국민건강 보험공단 | → | 장기요양 등급판정위원회 | → | 국민건강 보험공단 | → | 재가, 요양시설 |

※ 기요양신청 시 의사소견서 제출

④ 재가급여의 종류

· **방문요양** : 요양보호사가 수급자의 가정을 방문하여 신체 및 가사활동을 지원
· **방문목욕** : 2명의 요양보호사가 목욕설비를 갖춘 장비를 이용하여 수

급자의 가정 등을 방문하여 목욕 제공

· **방문간호** : 간호사, 간호조무사, 치위생사가 의사, 한의사 또는 치과의사의 방문간호지시서에 따라 수급자의 가정을 방문하여 상담, 교육, 위생 등 제공

· **주·야간보호** : 수급자를 하루 중 일정한 시간 동안 장기요양기관에 보호하여 신체, 인지활동 지원 및 심신기능의 유지 향상을 위한 교육 훈련 등을 제공

· **단기보호** : 수급자를 일정 기간 동안 장기요양기관에 보호하여 신체 활동 지원 및 심신기능의 유지 및 향상을 위한 교육 훈련 등을 제공

· **기타 재가급여(복지용구)** : 수급자의 일상, 신체활동 지원 및 인지기능 유지 및 향상에 필요한 용구를 제공

## 노인맞춤돌봄서비스

　일상생활 영위가 어려운 취약노인에게 적절한 돌봄서비스를 제공하여 안정적인 노후생활을 보장, 노인의 기능 및 건강유지와 악화예방을 위한 서비스(기존 6개 돌봄 사업을 통합 및 개편 2021년 1월 시행)

① 대상

· 65세 이상 기초생활수급자, 차상위계층 또는 기초연금수급자 중 독거, 조손 가구 등 돌봄이 필요한 노인(대상자[1] 선정도구를 통해 우선순위에 따라 선정)

② 서비스 신청

· 신청권자(본인, 신청자의 친족[2] 및 이해관계인[3]이 신청서 제출)

· 대상자의 주민등록상 주소지의 읍면동 주민센터(서류 : 신청서-주민센터 비치, 신분증 등)

③ 서비스 종류

| 구분 | 대분류 | 비고 |
|---|---|---|
| **직접 서비스**<br>**(방문, 통원 등)** | 안전 지원 | 방문(안전, 안부, 정보 제공, 생활안전 점검, 말벗) / 전화(안전, 안주, 정보 제공, 말벗) / ICT(ICT 관리 교육, 안전안부 확인) 안전 지원 |
| | 사회 참여 | 사회관계 향상 프로그램(여가, 평생교육, 문화) 자조모임 |
| | 생활 교육 | 이동, 활동 지원(외출 동행) / 가사 지원(식사 관리, 청소 관리) |
| | 일상생활 지원 | 장애인 건강주치의 시범사업 참여를 위한 개인정보 수집, 이용 및 제3자 제공 동의서 |
| **연계 서비스**<br>**(민간후원자원)** | | 생활 지원 연계, 주거개선 연계, 건강 지원 연계, 기타 서비스 |
| **특화** | | 개별맞춤형 사례 관리, 집단활동, 우울증 진단 및 투약 지원 |

※ 은둔형 우울형 노인에 대한 특화서비스 별도 실시(162개 지역)

## 2) 장애인

### 장애인활동 지원 서비스

혼자서 일상생활과 사회생활을 하기 어려운 장애인에게 활동 지원 급여를 제공하여 장애인의 자립생활을 지원하고 그 가

---

1) 대상자 선정도구 : 신체, 정신, 사회참여 영역의 취약 요인을 조사하여 대상자 선정 여부, 서비스 제공 시간의 범위 등을 산정
2) 친족 : 배우자, 8촌 이내의 혈족, 4촌 이내의 인척
3) 이해관계인 : 친족을 제외한 이웃 등 그 밖의 관계인

족의 부담을 줄이기 위한 제도

## ① 대상

· 만 6세 이상 65세 미만의 등록 장애인(2019. 7월부터 신청자격 확대)

· 소득 수준이나 장애 유형에 관계없이 누구나 신청

· 장애인생활시설 등에서 생활하는 장애인, 노인장기요양급여 이용 장애인 등은 신청할 수 없음.

## ② 서비스 신청

· 주소지 읍면동 주민센터 또는 국민연금공단 지사에 연중 수시로 신청

· 본인 통장사본[4], 건강보험증을 준비하여, 비치된 작성 서류[5] 작성하여 제출

· **대리신청 시** : 대리인 신분증도 지참

· 직접 방문이 어려운 경우 국민연금공단 지사에 연락하면 찾아가는 서비스 지원

## ③ 서비스 종류

· **신체활동 지원** : 목욕, 세면, 식사, 실내 이동 도움 등

· **가사활동 지원** : 청소 및 주변 정돈, 세탁, 취사 등

· **사회활동 지원** : 등하교 및 출퇴근 보조 지원, 외출 동행 등

· **방문목욕** : 가정방문 목욕 제공

· **방문간호** : 간호, 진료, 요양 상담, 구강위생 등

※ 서비스 대상자 소득수준에 따라 본인부담금 납부

## ④ 장애인활동 지원 관련 문의

· 보건복지부 콜센터 : 국번 없이 129

---

4) 통장사본 : 급여를 지급받기 위한 것이 아닌 본인부담금 환급받는 경우 대비

5) 사회보장급여 신청, 바우처카드 발급신청서, 사회서비스 전용 국민행복카드 발급 및 사회서비스 전용 국민행복카드 발급을 위한 법정대리인 동의서, 국민행복카드 상담전화를 위한 개인정보 동의서

- 국민연금공단 콜센터 : 국번 없이 1355
- 홈페이지 : www.ableservice.or.kr
- 주소지 읍면동 주민센터나 가까운 국민연금공단 지사로 전화 가능

## 발달재활서비스

① 성장기의 정신적·감각적 장애아동의 기능 향상과 행동 발달을 위한 적절한 발달재활 서비스 지원 및 정보 제공

② 18세 미만 장애아동, 장애유형(뇌병변, 지적, 자폐성, 청각, 언어, 시각장애) 사회서비스전자 바우처 홈페이지 : www.socialservice.or.kr

## 언어발달 지원

① 아동의 건강한 성장 지원 및 장애가족의 자체 역량 강화

② 만 12세 미만 비장애아동(한쪽 부모 및 조손가정의 한쪽 조부모가 시각, 청각, 언어, 지적, 자폐성, 뇌병변 등록 장애인)

③ 언어발달 진단, 언어, 청능 등 언어재활 서비스, 독서지도, 수화지도 제공

## 장애아 가족양육 지원

만 12세 미만 장애아동의 양육자가 질병, 사회활동 등으로 일시적 돌봄서비스 필요시 돌보미를 파견하여 장애아동 보호 및 휴식 지원

**발달장애인 부모상담 지원**

지적, 자폐성 발달장애인 부모에게 심리 · 정서 서비스를 제공

**발달장애인 가족휴식 지원**

발달장애인 가족의 양육 부담을 경감하고 가족의 정서적 안
정을 돕기 위해 휴식, 여가, 상담 서비스 제공, 서비스 이용 시
장애인 일시적 돌봄 제공

### 3) 지역사회 통합돌봄

돌봄이 필요한 주민(노인, 장애인, 정신장애인 등)들이 살던
곳(자기 집, 그룹홈 등)에서 개개인의 욕구에 맞는 서비스를 누
리고, 지역사회와 함께 어울려 살아갈 수 있도록 주거, 보건의
료, 요양, 돌봄, 일상생활의 지원이 통합적으로 확보되는 지역
주도형 정책

| 구분 | 사업명 | 내용 | 관련기관 |
|---|---|---|---|
| 의료<br>건강<br>시범<br>사업 | 일차 의료 만성<br>질환 시범사업 | • **대상** : 의원급 의료기관에서 외래진료 받<br>는 고혈압, 당뇨병 환자<br>• **내용** : 케어플랜, 환자 모니터링, 지역사<br>회 연계 서비스 | 건강보험<br>심사평가<br>원 홈페이<br>지 http://<br>www.hira.<br>or.kr |
| | 일차 의료 방문<br>진료 시범사업 | • **대상** : 거동이 불편한 환자<br>• **내용** : 집에 의사가 방문하여 방문진료 | |
| | 일차 의료 한의<br>방문진료 수가<br>시범사업 | • **대상** : 거동이 불편한 환자<br>• **내용** : 집에 한의사가 방문하여 방문진료 | |

| | | | |
|---|---|---|---|
| **의료 건강 시범 사업** | 재활의료기관 수가 2단계 시범사업 | • **대상** : 재활치료 필요가 있는 환자<br>• **내용** : 치료 및 퇴원계획 수립, 재활치료 실시, 지역사회 연계 | 병원.약국 〈세부조건 별 찾기〉지 역 선택〉분 야별 선택 |
| | 장애인 건강주 치의 시범사업 | • **대상** : 모든 장애 유형별 중증장애인<br>• **내용** : 만성질환 또는 건강 전반 관리 | |
| | 장애인 치과주 치의 시범사업 | • **대상** : 모든장애 유형별 중증장애인<br>• **내용** : 구강 평가 및 관리 | |
| | 급성기 환자 퇴원지원 및 지역사회연계 시범사업 | • **대상** : 뇌혈관질환자 60~69 중 동의자<br>• **내용** : 통합 평가 및 퇴원계획 수립 후 지역사회 연계, 사후관리 서비스 | |
| | 환자 재택관리 시범사업 | • **대상** : 복막투석, 1형 당뇨병 환자, 심장 질환자, 재활환자 대상<br>• **내용** : 자가관리에 대한 교육 및 상담 정기적 모니터링, 재택관리 서비스 | |
| **노인 건강** | 치매 치료관리 비 지원 사업 | • **대상** : 만 60세 이상 치매진단(F 00~03, G 30)을 받고, 치매약 복용하는 경우<br>• **내용** : 본인부담금(치매 약제비, 약 처방 당일 진료비) 실비 지원<br>• **지원금액** : 월 3만원(연 36만원 한도)<br>※ 의료급여 수급권자는 월 3만원(연 36만원 한도) | 관할 보건 소, 건강보 험공단 |
| | 의료급여 어르 신 틀니, 치과 임플란트 지원 | • **대상** : 만 65세 이상 노인<br>• **내용** : 틀니 및 임플란트 지원, 의료급여 자격별 본인분담금 지원 | 시 · 군 · 구청, 읍 · 면 · 동 사무소 |
| | 노인 실명예방 관리 사업 | • **대상** : 만 60세 이상 모든 노인(중위소득 60% 이하)<br>• **내용** : 백내장, 망막질환, 녹내장 및 기타 안질환으로 검진 및 수술이 필요한 환자 에게 검진비, 수술비 지원 | 관할 보건소, 한국실명 예방재단 |
| | 어르신 건강진단 | • **대상** : 65세 이상 의료급여수급권자 중 노인건강진단희망자<br>• **내용** : 혈액검사, 고혈압, 고지혈증, 안질 환, 골다공증 등 진단검사 지원 | 건강보험 공단, 보건소 등 |
| | 어르신 무릎인 공관절 수술 지원 | • **대상** : 만 60세 이상 의료급여 수급자 또는 차상위 계층<br>• **내용** : 무릎인공관절 수술비 지원(한쪽 무릎 기준 120만원 한도 실비 지원) | 노인의료 나눔재단, 보건소 등 |

| | | | |
|---|---|---|---|
| **생활** | 모바일<br>헬스케어 사업 | • **대상** : 만 19세 이상 건강 위험요인을 갖고 있으나 질환을 보유하지 않은 자<br>• **내용** : 전문가가 건강 실천 모니터링 및 검진, 상담 서비스 | 보건소 |
| | 성인 환자<br>의료비 지원 | • **대상** : 의료수급권자 및 차상위계층 암환자<br>• **내용** : 의료비 지원(본인 일부 부담금 연간 최대 12만원, 비급여 본인부담금 연간 최대 100만 이내)<br>• 최종 진단 연도 기준 최대 3년까지 추가지원 | 관할<br>보건소 |
| | 정신건강복지<br>센터 | • **대상** : 중증정신질환자<br>• **내용** : 질환 관리, 자살 예방, 정신건강 증진, 중독관리 통합지원 등 정신질환의 예방, 치료, 재활 관련 서비스 제공 | 정신건강<br>복지센터 |
| | 치매안심센터 | • **대상** : 치매진단을 받은 자<br>• **내용** : 치매 예방 및 악화 방지, 사회적 부담 경감을 위해 치매 조기검진 및 검사비 지원, 치매 예방관리, 맞춤형 사례관리, 치매환자 쉼터, 가족 및 보호자 지원 제공 | 치매안심<br>센터 |
| | 노인장기요양 | • **대상** : 장기요양급여 수급자(1~5등급)<br>• **내용** : 방문 요양 서비스 등 | 노인장기<br>요양보험 |
| | 노인맞춤돌봄 | • **대상** : 65세 이상 수급자, 차상위 또는 기초연금수급자 중 독거, 조손 가구 등 돌봄 필요 노인<br>• **내용** : 방문, 신체, 이동, 활동 및 가사 지원, 안부 확인 등 서비스 | 보장기관<br>(노인맞춤<br>돌봄서비<br>스) |
| | 가사간병<br>(65세 미만) | • **대상** : 만 65세 미만의 의료급여 수급자, 차상위계층, 서비스 필요자[6]<br>• **내용** : 가사간병 서비스 | 보장기관<br>(가사간병<br>방문사업) |
| | 장애인<br>활동지원 | • **대상** : 등록 장애인<br>• **내용** : 활동 지원 급여(활동 보조, 방문목욕, 방문가호 등) 지원 | 보장기관<br>(장애인 활동지원사업) |
| | 식사지원<br>및 영양관리 | • **대상** : 돌봄이 필요한 자<br>• **내용** : 도시락 밑반찬 배달, 급식(경로식당 등), 식재료 지원, 영양상담 및 교육 (보건소 등) | 보장기관<br>(선도사업 등)복지관,<br>보건소, 민간후원 등 |

°°°°°°°°°°°°°°°°°
6) ① 장애 정도가 심한 장애인, ② 6개월 이상 치료를 요하는 중증질환자, ③ 희귀난치성 질환자, ④ 소년소녀가정, 조손가정, 한부모가정, ⑤ 만 65세 미만의 의료급여 수급자 중 장기입원 사례관리 퇴원자, ⑥ 기타 시·군·구청장이 인정하는 자

222

| | | | |
|---|---|---|---|
| **돌봄** | 주민자치형 공공서비스 | • **내용** : 복합적 복지욕구 대응에 필요한 공공서비스 간 연계 체계 형성 및 민관 협력, 지역 사회문제 해결. 예방을 위한 주민 참여 강화사업 | 행안부 |
| | 도시재생 뉴딜 사업 | • **내용** : 노후 주거지의 주거환경 정비 및 구도심 활력 회복을 위해 사업지를 선정 하여 개발하는 사업 | 국토부 |
| | 주거 취약지구 생활여건 개조 사업(새뜰마을) | • **내용** : 달동네, 판자촌 등 주거취약지역 의 생활 여건을 개선하고, 주민복지 등을 지원하는 사업 | |
| | 고령자 복지주 택사업 | • **내용** : 고령자 등 주거 취약계층에 대한 주거복지 실현하기 위한 공공임대주택 공급사업 | LH |
| | 공공리모델링 매입임대주택 사업 | • **내용** : 도심 내 노후 단독, 다가구 주택 등을 매입 후 1~2인용 소형주택으로 리 모델링(철거 후 신축)하여 주거취약계층 의 주거를 지원하는 사업 | |
| | 임대상가 복합 재건축 사업 | • **내용** : 노후된 영구임대아파트의 임대상 가를 재개발하여 생활SOS시설을 설치하 고 임대상가를 청년, 소상공인 등에게 새 롭게 공급하는 사업 | |
| | 사회적 농업 활성화 지원 사업 | • **내용** : 농업활동을 통해 장애인, 고령자 등 사회적 약자에 돌봄, 교육, 고용 등의 서비스를 제공하는 사업 | 농식품부 |
| | 농촌중심지 활성화사업 | • **내용** : 문화, 복지, 교육, 보육 등 농촌의 중심지(읍, 면 소재지) 기능을 확충하고 배후마을로 서비스 제공 기능을 확대하 는 사업 | |
| | 다제약물 관리 사업 | • **내용** : 다제약물 복용자에게 올바른 약물 복용을 위한 상담을 제공하여 다제약물 복용의 부작용 예방 및 건강을 보호하는 사업 | 건강보험 공단 |

## 4) 방문의료와 돌봄 관련 주요 정보 창구

· **보건복지부 홈페이지**(www.mohw.go.kr) : 보도자료/공지사항에서 검색

· **건강보험심사평가원**(www.hira.or.kr) : 보도자료/공지사항에서 검색

· **사회서비스중앙지원단**(www.pass.or.kr) : 전국 사회서비스원 통합 지원단

· **독거노인종합지원센터**(www.1661-2129.or.kr) : 중앙노인돌봄지원 기관

· **중앙호스피스센터**(www.hospice.go.kr) : 호스피스 · 완화의료 전문 기관 검색

· **국민건강보험공단**(www.nhis.or.kr) : 정책센터, 정책홍보관, 지역사회통합돌봄안내

· **서울복지포털**(wis.seoul.go.kr) : 서울복지/돌봄복지/어르신복지/중 장년복지/장애인복지/자활복지

· **대한간호협회 가정간호사회**(www.hcna.or.kr)

· **노인장기요양보험**(www.longtermcare.or.kr) : 장기요양기관, 재가 기관, 요양보호사 교육기관, 복지용구 안내(급여안내 e-Book), 서식 자 료실 등

· **중앙치매센터**(www.nid.or.kr) : 정보(치매시설정보, 치매대백과, 치 매도서, 전문가 칼럼 등), 교육(종사자, 직종별 교육), 지원(실종노인찾 기, 우리동네가족 모임 등)

· **복지로**(www.bokjiro.go.kr) : 중앙부처 360여 종, 지자체 4천여 종 복 지서비스 정보 제공, 복지서비스 모의 계산, 서비스 신청(주민센터 방문 없이 복지로 서비스 신청 통해 복지서비스 신청 가능)

## 5) 방문의료 시범사업 참여 의료기관 찾기

· **건강보험심사평가원**(www.hira.or.kr) : '병원, 약국 찾기'에서 '세부 조건별 찾기', 일차의료 방문진료 수가 시범기관, 장애인건강주치의 시 범기관, 장애인 치과 주치의 시범기관, 가정형 호스피스 전문기관 등 검색 가능

· **국민건강보험공단**(www.nhis.or.kr) : 건강iN, 검진기관/병원 찾기, 병

(의)원정보, 간호·간병 통합서비스 병원 찾기/장애인 건강주치의 의료기관 찾기/일차의료 만성질환관리 시범사업 참여 의료기관 찾기/아동치과주치의 의료기관 찾기

## 6) 관련 전화번호

· **보건복지부 보험급여과** : 044)202-2745
· **건강보험심사평가원 재택의료수가부** : 033)739-1561

# <한국사회적의료기관연합회>와 <한국의료복지사회적협동조합연합회> 소속 기관의 방문의료 서비스

*는 한국의료복지사회적협동조합연합회 소속 의료기관

장애인건강주치의 : 방문진료, 방문간호, 전화상담 | 일차의료 방문진료 : 방문진료 | 가정간호사업소 : 재가 환자, 요양원 환자의 대상 간호서비스

| 시도 | 시군구 | 기관명 | 전화번호 | 보건복지부 또는 국민건강보험공단에서 시행하는 서비스 | | | | | 기관 자체에서 시행하는 서비스 | | | | |
|---|---|---|---|---|---|---|---|---|---|---|---|---|---|
| | | | | 장애인건강주치의 사업시행 | 일차의료 방문진료 수가 시범사업 | 한의 방문진료 시범사업 | 다제약물관리 시범사업 | 가정간호 사업소 | 왕진 | 방문간호 | 방문구강 | 방문재활 | 방문약료 |
| 서울 | 강북구 | 마네아틀한의원 | 02-908-0120 | O | | | | | | | | | |
| | 강북구 | 건강의집의원 | 02-982-3391 | | O | | | O | | | | | |
| | 관악구 | 봉천한의원 | 02-6335-8275 | | | O | | | | | | | |
| | 관악구 | 정다운우리의원* | 02-888-0419 | | O | | | | O | | | | |
| | 관악구 | 늘품약국 | 02-877-6995 | | | | | | | | | | O |
| | 광진구 | 더불어내과의원 | 02-469-7577 | | O | | | | | | | | |
| | 구로구 | 우리네 온누리약국 | 02-853-2614 | | | | O | | | | | | |
| | 노원구 | 마들한의원* | 02-937-5368 | | | O | | | O | | | | |
| | 노원구 | 마들치과* | 02-939-8070 | | | | | | | | O | | |
| | 동작구 | 푸른가정의원 | 02-833-0975 | | O | | | | | | | | |
| | 은평구 | 살림의원* | 02-6014-9949 | | O | | | | O | O | | O | |
| | 은평구 | 살림치과* | 02-6014-9949 | | | | | | O | | O | | |
| | 성동구 | 건강한마을치과* | 02-2291-2275 | | | | | | | | O | | |
| | 마포구 | 우리동네 30분의원 | 010-3363-5961 | | O | | | | | | | | |
| | 마포구 | 전인한의원 | 02-335-7275 | | | O | | | | | | | |

| 지역 | | 기관명 | 전화번호 | 1 | 2 | 3 | 4 | 5 | 6 | 7 | 8 |
|---|---|---|---|---|---|---|---|---|---|---|---|
| | 마포구 | 무지개의원* | 02-326-0611 | O | | | | | | O | |
| | 성북구 | 우리마을한의원* | 02-966-0730 | | O | | | | | | |
| | 중랑구 | 녹색병원 | 02-490-2056 | | | O | | | | | |
| | 중랑구 | 바로유한의원 | 02-436-8875 | | O | | | | | | |
| 인천 | 부평구 | 평화의원* | 032-524-6911 | O | | O | O | O | | O | |
| | 부평구 | 평화한의원* | 032-524-6911 | | O | | | | | | |
| | 부평구 | 평화치과* | 032-524-6911 | | | | | | O | | |
| 대구 | 수성구 | 사과나무약국 | 053-744-4408 | | | | | | | | O |
| | 대덕구 | 민들레치과의원* | 042-638-9042 | | | | | | O | | |
| 대전 | 대덕구 | 민들레의원* | 042-638-9042 | O | | O | O | | | O | |
| | 대덕구 | 민들레한의원* | 042-638-9042 | | O | | | | | | |
| 광주 | 광산구 | 우리동네의원* | 062-452-7020 | O | | | O | | | O | |
| | 구리시 | 원진녹색병원 | 031-550-1004 | O | | | O | | | | |
| | 구리시 | 느티나무의원* | 031-555-8004 | O | | | | | | | |
| | 부천시 | 부천시민의원* | 032-675-7517 | O | O | | O | | | | |
| | 성남시 수정구 | 길벗한의원 | 031-759-7007 | | O | | | | | | |
| 경기 | 성남시 중원구 | 함께하는정신건강의학과의원 | 031-735-3975 | | O | | | | | | |
| | 수원시 영통구 | 새날한의원* | 031-213-8843 | | O | | | | | | |
| | 시흥시 | 보화약국 | 031-315-8154 | | | | | | | | |
| | 시흥시 | 희망의원* | 031-311-6655 | O | | O | | | | | |
| | 시흥시 | 희망한의원* | 031-311-6655 | | O | | | | | | O |
| | 시흥시 | 신천연합병원 | 031-310-6634 | O | | O | | | | | |

| 시도 | 시군구 | 기관명 | 전화번호 | 보건복지부 또는 국민건강보험공단에서 시행하는 서비스 | | | | | 기관 자체에서 시행하는 서비스 | | | | |
|---|---|---|---|---|---|---|---|---|---|---|---|---|---|
| | | | | 장애인건강주치의 시범사업 | 일차의료 방문진료 수가 시범사업 | 한의 방문진료 시범사업 | 다제약물관리 시범사업 | 가정간호 사업소 | 왕진 | 방문간호 | 방문구강 | 방문재활 | 방문약료 |
| 경기 | 안산시 상록구 | 세안신의원* | 031-401-2208 | O | O | | | | | | | | |
| | 안산시 상록구 | 세안산상록의원* | 031-401-2208 | O | O | | | | | | | | |
| | 안산시 상록구 | 세안산한의원* | 031-401-2208 | | | O | | | | | | | |
| | 안성시 | 안성농민의원* | 031-672-6121 | O | O | | | | O | O | | | |
| | 안성시 | 우리동네의원* | 031-672-6121 | O | O | | | | O | O | | | |
| | 안성시 | 서인성의원* | 031-672-6121 | O | O | | | | O | O | | | |
| | 안성시 | 안성농민한의원* | 031-672-6121 | | | O | | O | O | O | | | |
| | 안성시 | 서안성한의원* | 031-672-6121 | | | O | | | | | | | |
| | 안양시 | 행복한마을한의원* | 031-397-8540 | | | O | | | | | | | |
| | 파주시 | 연세송내과의원 | 031-8070-1198 | | O | | | | | | | | |
| | 화성시 | 향남공감의원 | 031-352-0911 | | O | | | | | | | | |
| | 화성시 | 화성의료사협 모두의원* | 031-353-2675 | O | | | | | | | | | |
| | 화성시 | 향나야독 | 031-352-9591 | | | | | | | | | | O |
| 전북 | 전주시 | 건강한마을한의원* | 063-227-0525 | | | O | | | O | | | | |
| 전남 | 순천시 | 순천생협요양병원* | 061-759-3300 | | | | | | O | | | | |
| 강원 | 원주시 | 밝음의원* | 033-744-7573 | | | | | O | O | O | O | O | |
| 충남 | 홍성군 | 우리동네의원* | 041-634-3223 | | O | | O | O | O | O | O | | |

## ——— 북펀딩에 참여한 분들의 응원 한마디 ———

• 방문의료가 우리 사회에 꼭 자리하기를 기도합니다.

• 사람들과 함께 가는 의료인! 응원합니다!!

• 선생님들 덕분에 세상이 살만하다고 느끼시는 분들이 있습니다.

• 방문진료, 확대가 답이다.

• 지역에서 돌보는 이의 마음으로 읽겠습니다.

• 환자를 중심으로 마을내 다양한 관계망들이 만들어져 모두가 안심하고 아플 수
  있었으면 좋겠습니다.

• 세상을 바꾸는 건 생각이 아닌 행동이라고, 몸소 실천으로 보여 주시는 연구회
  모든 분들 응원합니다.

• 농어촌 시골일수록 방문의료가 절실합니다.

• 아픈 사람의 권리, 아픈 사람을 위한 진료, 응원합니다!

• 씨앗은 꽃잎을 시기하지 않습니다.

• 아들이 본인이 1년 동안 모아 둔 총 용돈이 15,000원인데 펀딩하고 싶다고 하
  네요.

• 방문의료인들이 성장해 가는 성찰적 집단대화와 발걸음이 병원에 가지 못하는
  고립된 주민들에게 필수의료입니다. 방문의료 이야기가 퍼져 방문의료에 관심
  있는 미래 동료 의료인들과 만나기를 기대해 봅니다.

- 열악한 환경에서 방문진료를 해오고 계신 여러 선생님들을 크게 격려하고 응원합니다.

- 거동이 불편한 분들에게 꼭 필요한 일, 앞서 진행해 주셔서 감사합니다. 방문진료의 제도적 안착을 위해!!

- 현장에서 절실한 방문의료가 필요한 대상자가 많은 상황에 제도의 문제로 고통을 받는 대상자와 보호자를 안타까운 마음으로 보고만 있어요. 해결책을 기다립니다.

- 우리나라의 방문의료모델 개발 연구를 진행하고 있는 연구자로서 너무나도 반갑고 뜻깊은 책이라 생각합니다.

- 소외된 아픈 이들을 위해 함께 손을 잡고 나아가게 되어 감사드립니다.

- 권위적인 의료가 아닌 지역으로 확장된 친근한 의료가 활성화되기를 바랍니다.

- 중증장애인의 구강 위생이 나쁜 경우를 수없이 보고 있습니다. 중증장애인의 이동의 불편함은 건강 불평등으로 이어지고 있지요. 대문 밖을 나설 수 없는 사람들을 좀더 적극적으로 발굴하고 그들을 만나려는 사회적인 노력이 필요한데, 여기 그들을 찾아가는 사람들을 응원합니다.

- 이 책이 쓸쓸하고 외롭고 고독한 삶들에 위로가 되고 등불이 되어 길을 밝혀주길 바랍니다.

- 다학제로 즐겁게 방문의료를 실천해 가시는 모든 분들 존경합니다.

- 가정전문간호사로서, 가정에서 가족들과 함께 일상을 공유하며 질병을 치유해 나가는 과정이 평범하면서도 일상적인 치료과정의 한 방편으로 자리매김하길 바란다.

- 소외된 이들을 생각하고 도움의 손길을 마다하지 않는 여러분을 늘 응원하겠습니다.

- 마을에서 사는 한 사람 한 사람이 건강하고 행복해야 마을이 건강해질 것 같아요. 응원합니다.

- 정신장애인들에게도 방문의료가 활성화되면 좋겠습니다.

- 다가오는 초고령시대를 대비하기 위해 필요한 책이라고 생각됩니다.

- 가정형 호스피스를 진행하며 방문하고 있는 의사입니다. 응원합니다.

- 현장의 땀방울이 새 세상의 밑거름!!

- 이 소중한 책이 민들레 홀씨가 되어 지역사회 의료현장에 마음 따뜻하고 진정성 있는 의료인이 많아지기를 기원합니다!!

- 아름다운 삶을 엮어 주셔서 감사합니다.

- 가정의학 전공의로서 방문의료에 대해 공부하기 위해 신청합니다.

- 지역에서 제일 필요한 방문의료 화이팅!